HEYNE <

Das Buch
New York am Heiligen Abend: Während die dunklen Wolken am Abendhimmel Schneefall ankündigen, erstrahlt der Weihnachtsbaum am Rockefeller Center im festlichen Glanz. Als der siebenjährige Brian sieht, dass seine Mutter ihr Portemonnaie verliert und eine andere Frau in dem Gedränge damit verschwindet, nimmt er eigenmächtig die Verfolgung auf. Denn in der Geldbörse befindet sich ein Christophorus-Medaillon, das schon seinem Großvater einmal das Leben gerettet hat und das er nun seinem schwerkranken Vater geben will, damit dieser bald wieder gesund wird.
Bei seiner Verfolgung der Diebin gerät Brian jedoch in lebensbedrohliche Gefahr, denn er wird vom Bruder dieser Frau – einem aus dem Gefängnis entflohenen Polizistenmörder – als Geisel genommen. Die Heilige Nacht wird zum Albtraum.

Die Autorin
Mary Higgins Clark, geboren in New York, lebt und arbeitet in Saddle River, New Jersey. Sie zählt zu den erfolgreichsten Thrillerautorinnen weltweit. Ihre große Stärke sind ausgefeilte und raffinierte Plots und die stimmige Psychologie ihrer Heldinnen. Mit ihren Büchern führt Mary Higgins Clark regelmäßig die internationalen Bestsellerlisten an und hat bereits zahlreiche Auszeichnungen erhalten, u. a. den begehrten Edgar Award.

Für Joan Murchison Broad
und in Erinnerung an Col. Richard L. Broad,
mit Liebe und Dank
für die gemeinsamen schönen Zeiten

Heiliger Christophorus,
Schutzpatron der Reisenden,
bitte für uns
und beschütze uns vor allem Übel.

I

Es war Heiligabend in New York City. Das Taxi schob sich langsam die Fifth Avenue hinunter. Es war beinahe fünf Uhr. Der Verkehr war dicht, und die Bürgersteige waren überlaufen von Menschen auf der späten Jagd nach Weihnachtsgeschenken, von Büroangestellten auf dem Heimweg und von Touristen, die unbedingt einen Blick auf die kunstvoll geschmückten Schaufenster und den legendären Christbaum am Rockefeller Center erhaschen wollten.

Es war bereits dunkel, und der Himmel überzog sich immer schwerer mit Wolken, eine offensichtliche Bestätigung der Wettervorhersage für ein weißes Weihnachtsfest. Die blinkenden Lichter jedoch, die Klänge von Weihnachtsliedern, die klingelnden Glöckchen von Weihnachtsmännern auf den Bürgersteigen und die allgemein fröhliche Stimmung der Menschenmenge verliehen der berühmten Hauptverkehrsstraße eine für den 24. Dezember angemessen festliche Atmosphäre.

Catherine Dornan saß kerzengerade auf der Rückbank des Taxis und hatte die Arme um ihre beiden kleinen Söhne gelegt. An der Steifheit ihrer Körper erkannte sie, daß ihre Mutter recht gehabt hatte. Die schroffe Haltung des zehnjährigen Michael und das Schweigen des siebenjährigen Brian waren ein sicheres Zeichen dafür, daß sich beide Jungen große Sorgen um ihren Dad machten.

Als sie früher am Nachmittag vom Krankenhaus aus ihre Mutter angerufen hatte, noch immer schluchzend, obwohl ihr Spence Crowley, der alte Freund und Arzt ihres Mannes, versichert hatte, Tom habe die Operation besser als erwartet überstanden, und sogar vorgeschlagen hatte, die Jungen könnten ihn noch am Abend desselben Tages um sieben Uhr besuchen, da hatte ihre Mutter sie energisch ins Gebet genommen: »Catherine, du mußt dich zusammenreißen«, hatte sie gesagt. »Die Jungs sind so verstört, und du bist keine Hilfe. Ich glaube, es wäre eine gute Idee, wenn du versuchst, sie ein bißchen abzulenken. Geh doch mit ihnen zum Rockefeller Center, schaut euch den Baum an, und danach geht ihr irgendwo essen. Daß du dir solche Sorgen machst, hat sie praktisch davon überzeugt, daß Tom sterben muß.«

Was da passiert, darf doch einfach nicht wahr sein, dachte Catherine. Mit jeder Faser ihres Wesens wünschte sie, sie könnte die vergangenen zehn Tage ungeschehen machen, und zwar von dem schrecklichen Augenblick an, als das Telefon läutete und der Anruf aus dem St. Mary's Hospital kam. »Catherine, kannst du sofort rüberkommen? Tom ist zusammengebrochen, während er seinen Rundgang gemacht hat.«

Ihr unmittelbarer Eindruck zu jenem Zeitpunkt war, daß es sich um einen Irrtum handeln mußte. Schlanke, athletische, achtunddreißigjährige Männer brechen nicht einfach zusammen. Und Tom scherzte doch immer darüber, daß Kinderärzte von Haus aus gegen all die von ihren Patienten angeschleppten Viren und Bakterien resistent seien.

Aber Tom war nicht gegen die Leukämie resistent, welche die sofortige Entfernung seiner enorm vergrößerten Milz erforderlich machte. Im Krankenhaus berichteten sie ihr, er müsse schon seit Monaten Warnzeichen ignoriert haben. Und ich war zu dumm, es zu bemerken, dachte Catherine, während sie das Zittern ihrer Lippen zu unterdrücken versuchte.

Sie blickte aus dem Fenster und sah, daß sie gerade am Plaza Hotel vorbeifuhren. Elf Jahre zuvor, an ihrem dreiundzwanzigsten Geburtstag, hatten sie im Plaza ihren Hochzeitsempfang abgehalten. Bräute sollten eigentlich nervös sein, dachte sie. War ich aber nicht. Ich bin damals praktisch auf ihn zugerannt.

Zehn Tage später hatten sie dann ein bescheidenes Weihnachten in Omaha gefeiert, wo Tom in der angesehenen Kinderstation des Krankenhauses eine Stellung angenommen hatte. Wir haben uns diesen verrückten künstlichen Baum im Ausverkauf besorgt, dachte sie bei der Erinnerung daran, wie Tom ihn hochgehalten und verkündet hatte: »Alle mal herhören, K-mart-Kunden ...«

Dieses Jahr aber stand der Baum, den sie so sorgfältig ausgewählt hatten, noch mit zusammengebundenen Ästen in der Garage. Sie hatten beschlossen, für die Operation nach New York zu gehen. Toms bester Freund, Spence Crowley, war mittlerweile ein prominenter Chirurg in der Klinik Sloan-Kettering.

Catherine zuckte bei dem Gedanken daran zusammen, wie verstört sie gewesen war, als sie endlich die Erlaubnis erhielt, Tom zu sehen.

Das Taxi hielt am Bordstein. »Hier okay, Lady?«

»Ja, ist gut so«, sagte Catherine in erzwungen heiterem Tonfall, während sie ihr Portemonnaie hervorholte. »Dad und ich haben euch beide vor fünf Jahren am Weihnachtsabend hierher mitgenommen. Brian, ich weiß, du warst noch zu klein, aber Michael, kannst du dich noch erinnern?«

»Ja«, erwiderte Michael knapp und machte sich am Türgriff zu schaffen. Er beobachtete, wie Catherine einen Fünf-Dollar-Schein von dem Notenbündel in ihrem Portemonnaie abschälte. »Wieso hast du eigentlich so viel Geld dabei, Mom?«

»Als Dad gestern im Krankenhaus aufgenommen wurde, haben sie verlangt, daß ich bis auf ein paar Dollar alles, was er in seiner Brieftasche hatte, mitnehme. Ich hätte es aussortieren sollen, als ich wieder bei Gran zu Hause war.«

Sie folgte Michael auf das Trottoir hinaus und hielt Brian die Wagentür auf. Sie waren vor dem Kaufhaus Sak's, unweit der Ecke Neunundvierzigste Straße und Fifth Avenue. Ordentlich aufgereihte Zuschauer warteten geduldig darauf, die Weihnachtsdekoration der Schaufenster aus der Nähe bewundern zu können. Catherine steuerte ihre Söhne auf das Ende der Schlange zu. »Schaun wir uns erst mal die Schaufenster an, dann gehen wir über die Straße und verschaffen uns einen besseren Blick auf den Baum.«

Brian seufzte tief. Das war vielleicht ein Weihnachten! Er haßte es, anzustehen – egal wofür. Er beschloß, das Spiel zu spielen, auf das er sich immer einließ, wenn er wollte, daß die Zeit rasch vorüberging. Er tat dann nämlich einfach so, als wäre er bereits dort, wo er sein wollte, und heute abend hieß das dort im Zimmer, wo sein Dad im Krankenhaus war. Er konnte es kaum erwarten, seinen Dad zu besuchen, ihm das Geschenk zu überreichen, von dem seine Großmutter behauptet hatte, es werde ihn wieder gesund machen.

Brian war so darauf versessen, den Abend voranzutreiben, daß er, als sie endlich an die Reihe kamen, die Schaufenster von nahem zu begutachten, schnell nach vorne trat und die Szenerien mit den wirbelnden Schneeflocken und den tanzenden und singenden Puppen und Elfen und Tieren kaum wahrnahm. Er war froh, als sie endlich die Menschenschlange hinter sich ließen.

Als sie dann jedoch auf die Straßenecke zugingen, um die Avenue zu überqueren, sah er, daß gerade ein Mann mit einer Geige Anstalten machte, zu spielen, und sich immer mehr Leute in seinem Umkreis ansammelten. Mit einemmal war die Luft von den Klängen des Lieds »Stille Nacht« erfüllt, und die Menschen fingen an zu singen.

Catherine machte am Bordstein kehrt. »Wartet mal, laßt uns ein paar Minuten zuhören«, sagte sie zu den Jungen.

Brian bekam das Stocken in ihrer Kehle mit und wußte, daß sie versuchte, nicht zu weinen. Er hatte Mom noch kaum je weinen sehen, bis zu dem Morgen letzte Woche, als jemand aus dem Krankenhaus anrief und sagte, daß Dad ganz schlimm krank sei.

Cally ging langsam die Fifth Avenue hinunter. Es war

kurz nach fünf, und sie war umgeben von einem Strom mit Päckchen beladener Weihnachtskunden, die auf den letzten Drücker einkauften. Es hatte eine Zeit gegeben, da sie sich von der allgemeinen Stimmung hätte anstecken lassen, aber das einzige, was sie heute empfand, war eine bleierne Müdigkeit. Der Tag war so anstrengend gewesen. Während der Weihnachtsfeiertage wollten die Leute zu Hause sein, und so waren die meisten Patienten im Krankenhaus entweder deprimiert oder schwierig. Ihre trübsinnigen Mienen erinnerten sie lebhaft an ihre eigene Depression während der letzten zwei Weihnachtsfeste, die sie beide in der Frauenstrafanstalt Bedford verbracht hatte.

Sie kam an der St. Patrick's Cathedral vorbei, und nur für einen Augenblick zögerte sie, als ihr wieder einfiel, wie ihre Großmutter sie und ihren Bruder Jimmy einmal mitgenommen hatte, um die Krippe dort anzuschauen. Doch das war nun schon zwanzig Jahre her; sie war damals zehn gewesen, und er sechs. Sie verspürte flüchtig den Wunsch, sie könnte wieder in die Zeit von damals zurückkehren, die Dinge ändern, die schlimmen Ereignisse rechtzeitig verhindern, sie könnte Jimmy davor bewahren, zu dem zu werden, was er jetzt war.

Seinen Namen auch nur zu *denken* reichte schon aus, Wellen der Furcht durch ihren Körper zu jagen. Lieber Gott, mach, daß er mich in Ruhe läßt, betete sie. Heute morgen war schon früh stürmisch gegen ihre Wohnungstür geklopft worden. Als Cally sie aufmachte, während Gigi sich an sie klammerte, standen Detective Shore und ein weiterer Polizeibeamter, der sich als Detective Levy vorstellte, in dem schäbigen

Korridor ihres Apartmenthauses an der Zehnten Straße Ost vor ihr.

»Cally, haben Sie mal wieder Ihrem Bruder Unterschlupf gewährt?« Shores Augen hatten den Raum hinter ihr nach Zeichen für seine Anwesenheit abgesucht.

Die Frage war der erste Hinweis für Cally, daß es Jimmy offenbar gelungen war, aus dem Gefängnis auf Riker's Island zu entkommen.

»Die Beschuldigung lautet auf Mordversuch an einem Gefängniswärter«, sagte der Kriminalbeamte mit von Bitterkeit erfüllter Stimme. »Der Wachmann ist schwer verletzt, und es ist fraglich, ob er durchkommt. Ihr Bruder hat ihn angeschossen und ihm seine Uniform weggenommen. Diesmal werden Sie erheblich länger als fünfzehn Monate im Gefängnis verbringen, wenn Sie Jimmy bei der Flucht helfen. Beihilfe nach der Tat im Wiederholungsfall, wobei wir von einem Mordversuch – oder Mord – an einem Strafvollzugsbeamten reden. Cally, diesmal rechnen die gründlich mit Ihnen ab.«

»Ich hab mir nie verziehen, daß ich Jimmy letztesmal Geld gegeben habe«, hatte Cally leise gesagt.

»Sicher. Und die Schlüssel zu Ihrem Wagen«, erinnerte er sie. »Cally, ich warne Sie. Helfen Sie ihm bloß *dieses* Mal nicht.«

»Tu ich nicht. Darauf können Sie sich verlassen. Und ich wußte damals nicht, was er angestellt hatte.« Sie hatte dann beobachtet, wie die Blicke der Männer wieder an ihr vorbei in Richtung Wohnung wanderten. »Nur zu«, hatte sie geschrien. »Sehen Sie sich um! Er ist nicht da. Und wenn Sie mein Telefon anzapfen wollen, dann bitte sehr. Ich will, daß Sie hören, wie ich Jimmy sage, er soll sich freiwillig stellen. Weil das alles ist, was ich ihm zu sagen habe.«

Aber Jimmy findet mich doch *bestimmt nicht*, flehte sie im stillen, während sie sich ihren Weg durch das Gewimmel von Kauf- und Schaulustigen bahnte. Nicht dieses Mal. Nach Absolvierung ihrer Gefängnisstrafe hatte sie sich damals Gigi wieder aus dem Pflegeheim geholt. Die Sozialarbeiterin hatte die winzige Wohnung an der Zehnten Straße Ost ausfindig gemacht und ihr die Stelle als Schwesternhilfe im St. Luke's-Roosevelt Hospital besorgt.

Dies würde seit zwei Jahren ihr erstes Weihnachtsfest mit Gigi zusammen sein! Wenn sie sich doch nur ein paar anständige Geschenke für sie hätte leisten können, dachte sie. Eine kleine Vierjährige sollte ihren eigenen neuen Puppenwagen haben, nicht diesen abgenutzten, den Cally für sie hatte besorgen müssen. Die Bettdecke und das Kissen, die sie gekauft hatte, würden das schmuddelige Aussehen des Wagens nicht verbergen. Doch vielleicht gelang es ihr ja, den Typen wiederzufinden, der in der Woche zuvor auf einer Straße hier in der Gegend Puppen zum Verkauf geboten hatte. Sie kosteten bloß acht Dollar, und sie erinnerte sich, daß sogar eine darunter gewesen war, die Gigi ähnlich sah.

Sie hatte an jenem Tag nicht genug Geld dabeigehabt, aber der Typ hatte ihr erklärt, am Heiligabend werde er an der Fifth Avenue zwischen der Siebenundfünfzigsten und der Siebenundvierzigsten Straße sein, also mußte sie ihn doch finden. O Gott, betete sie, laß sie Jimmy verhaften, bevor er noch jemand was antut.

Irgendwas stimmt nicht mit ihm. Schon von Anfang an war das so gewesen.

Vor ihr sangen Leute »Stille Nacht«. Als sie jedoch näherkam, stellte sie fest, daß es keine eigentlichen Weihnachtssänger waren, sondern einfach eine Gruppe Menschen, die sich um einen Straßengeiger versammelt hatte, der Weihnachtsmelodien spielte.

»... Holder Knabe im lockigen Haar ...«

Brian stimmte nicht in das Singen ein, obwohl »Stille Nacht« sein Lieblingslied war und er zu Hause in Omaha ein Mitglied des Kinderchors seiner Kirche war. Er wünschte sich, er könnte jetzt dort sein, nicht in New York, und sie wären gerade dabei, den Weihnachtsbaum in ihrem eigenen Wohnzimmer zu schmücken, und alles wäre noch so wie sonst immer.

Er hatte New York gern und freute sich immer auf die Besuche bei seiner Großmutter im Sommer. Dann hatte er Spaß. Aber diese Art von Besuch jetzt mochte er nicht. Nicht am Heiligabend, mit Dad im Krankenhaus und Mom so traurig und mit seinem Bruder, der ihn ständig rumkommandierte, obwohl Michael doch bloß drei Jahre älter war.

Brian steckte die Hände in seine Jackentaschen. Sie fühlten sich kalt an, obwohl er seine Handschuhe trug. Er blickte ungeduldig auf den riesigen Weihnachtsbaum auf der gegenüberliegenden Straßenseite, jenseits der Eisbahn. Er wußte, daß seine Mutter gleich sagen würde: »Also gut. Laßt uns jetzt den Baum richtig anschauen.«

Er war so hoch, und die Lichter daran waren so hell, und da war ein großer Stern oben auf der Spitze. Aber

Brian machte sich jetzt nichts daraus oder aus den Schaufenstern, die sie eben betrachtet hatten. Er wollte auch nicht diesem Kerl beim Geigenspiel zuhören, und er hatte keine Lust, hier rumzustehen.

Sie vergeudeten nur Zeit. Er wollte ins Krankenhaus und zuschauen, wie Mom Dad die große Christophorus-Medaille gab, die Grandpa das Leben gerettet hatte, als er im Zweiten Weltkrieg Soldat gewesen war. Grandpa hatte sie den ganzen Krieg hindurch getragen, und sie hatte sogar eine Delle an der Stelle, wo sie von einer Kugel getroffen worden war.

Gran hatte Mom gebeten, sie Dad zu geben, und obwohl Mom beinahe aufgelacht hätte, hatte sie es versprochen, aber mit den Worten: »Ach, Mutter, Christophorus war doch bloß eine Legende. Er wird nicht mehr als Heiliger angesehen, und die einzigen Menschen, denen er geholfen hat, sind die Leute, die all die Gedenkmünzen verkauft haben, die sich früher jeder ans Armaturenbrett gesteckt hat.«

Gran hatte daraufhin erklärt: »Catherine, dein Vater war überzeugt davon, daß ihm die Medaille einige schreckliche Schlachten überstehen half, und das ist das einzige, was zählt. Er hat daran geglaubt, und ich tu's auch. Bitte gib sie Tom und hab Vertrauen.«

Brian empfand Ungeduld mit seiner Mutter. Wenn Gran daran glaubte, daß Dad sich wieder erholen würde, sobald er die Medaille bekam, dann mußte Mom sie ihm auch geben. Er war fest davon überzeugt, daß Gran recht hatte.

»... schlaf in himmlischer Ruh!« Die Geige hörte zu spielen auf, und eine Frau, die das Singen angeführt hatte, reichte einen Korb herum. Brian schaute zu, wie die Leute anfingen, Münzen und Dollarscheine hineinfallen zu lassen.

Seine Mutter zog ihr Portemonnaie aus ihrer Umhängetasche hervor und nahm zwei Ein-Dollar-Scheine heraus. »Michael, Brian, hier. Steckt das in den Korb.«

Michael griff nach seinem Dollar und versuchte sich einen Weg durch das Gedränge zu bahnen. Brian schickte sich schon an, ihm zu folgen, bemerkte dann jedoch, daß das Portemonnaie seiner Mutter, als sie es zurückgesteckt hatte, nicht wieder richtig unten in ihrer Schultertasche verschwunden war. Noch während er hinsah, fiel es zu Boden.

Er machte kehrt, um das Portemonnaie aufzuheben, aber bevor er danach greifen konnte, streckte sich eine Hand nach unten aus und packte es. Brian sah, daß die Hand zu einer mageren Frau mit einem dunklen Regenmantel und einem langen Pferdeschwanz gehörte.

»*Mom!*« sagte er eindringlich, aber alle hatten wieder zu singen angefangen, und sie wandte nicht den Kopf. Die Frau, die das Portemonnaie an sich genommen hatte, begann durch die Menschenmenge zu entschlüpfen. Instinktiv nahm Brian die Verfolgung auf, da er besorgt war, er könnte sie aus den Augen verlieren. Er drehte sich um und wollte erneut nach seiner Mutter rufen, aber sie sang jetzt auch mit den anderen mit: »O du fröhliche, o du selige …« Alle sangen so laut, daß ihm klar war, sie würde ihn nicht hören können.

Eine Sekunde lang zögerte Brian, als er über die Schulter zu seiner Mutter hinüberblickte. Sollte er lieber zurücklaufen und sie holen? Aber er dachte wieder an die Medaille, die seinem Vater helfen würde, gesund zu werden; sie steckte in dem Portemonnaie, und er durfte nicht zulassen, daß sie gestohlen wurde.

Die Frau war bereits dabei, um die Ecke zu verschwinden. Er rannte los, um sie noch einzuholen.

Warum hab ich es nur aufgehoben? dachte Cally voller Panik, während sie auf der Achtundvierzigsten Straße nach Osten in Richtung Madison Avenue hastete. Sie hatte ihre Absicht aufgegeben, die Fifth Avenue hinunterzugehen, um den Straßenverkäufer mit den Puppen zu finden. Statt dessen lenkte sie ihre Schritte zur Untergrundbahn der Lexington Avenue. Ihr war bewußt, daß es schneller gewesen wäre, nach Norden zu der U-Bahn an der Einundfünfzigsten zu gehen, aber das Portemonnaie fühlte sich wie ein heißer Ziegelstein in ihrer Manteltasche an, und es kam ihr so vor, als blicke sie jeder vorwurfsvoll an, wohin sie sich auch wandte. Grand Central Station war mit Sicherheit total überfüllt. Dort würde sie in die U-Bahn steigen. Es war ein Ort, der mehr Sicherheit bot.

Ein Streifenwagen fuhr an ihr vorbei, als sie nach rechts um die Ecke ging und die Straße überquerte. Trotz der Kälte hatte sie zu schwitzen angefangen.

Das Portemonnaie gehörte wahrscheinlich dieser Frau mit den kleinen Jungen. Es lag direkt neben ihr auf dem Boden. Cally dachte an den Moment zurück, als sie die schlanke junge Frau in dem rosafarbenen und, wie sie an den umgeschlagenen Ärmeln sehen konnte, pelzgefütterten Allwettermantel erblickt hatte. Der Mantel war ohne Zweifel teuer, genauso wie die Umhängetasche der Frau und ihre Stiefel; das dunkle

Haar, das ihr bis zum Mantelkragen reichte, glänzte schön. Sie sah nicht so aus, als könnte sie die geringste Sorge auf der Welt haben.

Cally hatte gedacht: Ich würde gerne genauso aussehen. Sie ist etwa so alt und so groß wie ich, und wir haben fast die gleiche Haarfarbe. Na schön, vielleicht kann ich mir ja nächstes Jahr hübsche Kleider für Gigi und mich leisten.

Dann hatte sie den Kopf gewandt, um einen Blick auf die Schaufenster von Sak's zu werfen. Zwar habe ich nicht gesehen, daß ihr das Portemonnaie herunterfiel, dachte sie. Aber als sie an der Frau vorbeigegangen war, spürte sie, wie ihr Fuß an etwas stieß, und sie hatte nach unten geschaut und es dort liegen sehen.

Warum hab ich sie nicht einfach gefragt, ob es ihr gehört? warf sich Cally gequält vor. Doch dann war ihr sofort wieder eingefallen, wie Grandma eines Tages ganz gedemütigt und erregt nach Hause gekommen war. Sie hatte eine Geldbörse auf der Straße gefunden, sie dann aufgemacht und den Namen und die Adresse der Besitzerin darin gefunden. Drei Blocks weit war sie gelaufen, um die Börse abzugeben, obwohl ihre Arthritis damals schon so schlimm war, daß ihr jeder Schritt weh tat.

Die Inhaberin des Portemonnaies hatte es durchgesehen und behauptet, es fehle ein Zwanzig-Dollar-Schein.

Grandma war völlig außer sich gewesen. »Sie hat mich praktisch eine Diebin genannt.«

Diese Erinnerung hatte Cally genau in dem Moment überwältigt, als sie das Portemonnaie berührte. Angenommen, es gehörte der Lady in dem rosaroten Mantel und sie dachte nun, Cally habe es ihr aus der Tasche gezogen oder Geld rausgenommen? Was, wenn sie die Polizei holte? Die würde dann herausfinden, daß sie noch Bewährung hatte. Sie würde ihr genausowenig Glauben schenken, wie sie ihr damals geglaubt hatte, als sie Jimmy das Geld und ihr Auto lieh, weil er ihr weisgemacht hatte, wenn er nicht auf der Stelle die Stadt verließe, würde ihn ein Kerl aus einer anderen Straßenbande umbringen.

O Gott, warum hab ich das Portemonnaie nicht einfach dort liegenlassen? Sie zog in Erwägung, es in den nächsten Briefkasten zu werfen. Das konnte sie nicht riskieren. Es gab während der Feiertage im Stadtzentrum zu viele Cops in Zivil. Wenn nun einer sie sah und fragte, was sie da mache? Nein, sie würde sofort nach Hause fahren. Aika, die auf Gigi sowie ihre eigenen Enkel aufpaßte, wenn die Kindertagesstätte zumachte, würde sie in Kürze heimbringen. Es wurde allmählich spät.

Ich stecke das Portemonnaie einfach in ein Kuvert mit der Adresse, die ich darin finde, und stecke es später in den Briefkasten, entschied Cally. Das ist alles, was ich tun kann.

Cally erreichte die Grand Central Station. Wie sie gehofft hatte, war der Bahnhof überfüllt von Menschen, die in alle Richtungen zu Zügen und Untergrundbahnen eilten und schleunigst zum Fest nach Hause wollten. Sie drängte sich durch die Menge in der Hauptabfahrtshalle und schaffte es schließlich, über die Treppe den Eingang zu erreichen, der zur Untergrundbahn der Lexington Avenue führte.

Als sie eine U-Bahn-Münze in den Schlitz steckte

und auf die Expreßbahn zur Vierzehnten Straße zuhastete, bemerkte sie den kleinen Jungen nicht, der unter einem Drehkreuz hindurchschlüpfte und ihr hartnäckig auf den Fersen blieb.

2

»O du fröhliche, o du selige, gnadenbringende Weihnachtszeit …« Die vertrauten Worte schienen Catherine zu verhöhnen, weil sie sie an die Kräfte erinnerten, die ihr ungetrübt behagliches Leben bedrohten, von dem sie angenommen hatte, es ginge immer so weiter. Ihr Mann lag im Krankenhaus und hatte Leukämie. Seine angeschwollene Milz war zur Vorbeugung gegen einen möglichen Riß heute morgen entfernt worden, und obwohl es zu früh für eine sichere Prognose war, schien er doch in guter Verfassung zu sein. Trotzdem konnte sie sich nicht der Angst erwehren, er werde vielleicht nicht überleben, und die Vorstellung eines Lebens ohne ihn lähmte sie fast vollkommen.

Weshalb habe ich nicht gemerkt, daß Tom krank wurde? zermarterte sie sich das Hirn. Sie dachte wieder daran, wie er vor erst zwei Wochen, als sie ihn gebeten hatte, Einkäufe aus dem Wagen mit hereinzutragen, nach der schwersten Tüte im Kofferraum griff, zögerte und dann zusammenzuckte, als er sie hochhob.

Sie hatte ihn ausgelacht. »Gestern spielt er Golf. Heute markiert er den alten Mann. Du bist mir vielleicht ein Sportler.«

»Wo ist Brian?« fragte Michael, der den Dollar in den Korb der Sängerin gesteckt hatte und wieder zurück war.

Aus ihren Gedanken aufgeschreckt, blickte Catherine zu ihrem Sohn hinunter. »Brian?« fragte sie verständnislos. »Er ist doch hier.« Sie blickte seitlich an sich hinab, und dann suchten ihre Augen die Umgebung ab. »Er hatte einen Dollar. Ist er denn nicht mit dir hingegangen, um ihn der Sängerin zu geben?«

»Nein«, erwiderte Michael mürrisch. »Der hat ihn wahrscheinlich behalten. Ist doch ein Blödmann.«

»Laß das«, sagte Catherine. Sie sah sich um, urplötzlich in Aufregung versetzt. »Brian«, rief sie, »Brian!« Das Weihnachtslied war vorbei, die Menschenmenge löste sich auf. Wo war Brian? Er würde keinesfalls einfach weglaufen. *»Brian«*, rief sie wieder, diesmal in voller Lautstärke und unverkennbar beunruhigt.

Einige Leute drehten sich um und musterten sie neugierig. »Ein kleiner Junge«, erklärte sie und bekam nun wirklich Angst. »Er trägt einen dunkelblauen Skianorak und eine rote Mütze. Hat irgend jemand gesehen, wo er hin ist?«

Sie sah, wie Köpfe geschüttelt wurden, Augen durch die Gegend schweiften, Leute helfen wollten. Eine Frau deutete nach hinten auf die Schlangen der Menschen, die sich die Sak's-Schaufenster ansehen wollten. »Vielleicht ist er ja da rüber?« sagte sie mit einem starken Akzent.

»Wie steht's mit dem Baum? Könnte er nicht über die Straße gelaufen sein, um ganz nah ranzukommen?« schlug eine andere Frau vor.

»Vielleicht die Kirche«, steuerte jemand anders bei.

»Nein. Nein, Brian würde das nicht tun. Wir besuchen nachher seinen Vater. Brian kann es gar nicht abwarten, ihn zu sehen.« Noch während sie die Worte aussprach, wußte Catherine, daß etwas ganz schrecklich faul war. Sie spürte die Tränen, die ihr jetzt so leicht kamen, hinter den Augen aufsteigen. Sie fummelte in ihrer Handtasche auf der Suche nach einem Taschentuch herum und bemerkte, daß etwas fehlte: das vertraute schwere Ding, ihr Portemonnaie.

»Oh, mein Gott«, sagte sie. »Mein Portemonnaie ist weg.«

»Mom!« Und jetzt verlor Michael den verdrossenen Gesichtsausdruck, mit dem er normalerweise die Angst um seinen Vater kaschierte. Mit einemmal war er ein verängstigter Zehnjähriger. »Mom, glaubst du, Brian ist entführt worden?«

»Wie soll das denn gehen? Keiner könnte ihn einfach so von hier wegschleppen. Das ist unmöglich.« Catherine fühlte, wie ihre Beine gummiweich wurden. »Holt die Polizei«, schrie sie. »Mein kleiner Junge ist verschwunden.«

Der Bahnhof war voller Leute. Hunderte von Menschen hasteten in jede Richtung. Und überall waren Weihnachtsdekorationen. Außerdem gab es Riesenlärm. Die verschiedensten Töne hallten durch den großen Raum und prallten von der Decke hoch oben über Brian ab. Ein Mann mit den Armen voller Päckchen stieß einen spitzen Ellenbogen direkt in Brians Ohr. »Entschuldige, Kleiner.«

Es fiel ihm schwer, mit der Frau, die Moms Portemonnaie hatte, Schritt zu halten. Er verlor sie immer wieder aus den Augen. Er mühte sich, an einer Familie mit mehreren Kindern, die ihm den Weg versperrte, vorbeizukommen. Er schlug sich erfolgreich durch, stieß dann aber mit einer Lady zusammen, die ihn anfunkelte. »Paß doch auf«, fuhr sie ihn an.

»Tut mir leid«, sagte Brian höflich, während er zu ihr aufblickte. In dieser Sekunde entwischte ihm beinahe die Frau, der er folgte, doch er holte sie wieder ein, als sie die Treppe hinunterging und durch einen langen Gang eilte, der zu einer U-Bahn-Haltestelle führte. Als sie durch ein Drehkreuz ging, schlüpfte er unter dem nächsten hindurch und folgte ihr in die Bahn.

Der Waggon war so überfüllt, daß Brian es kaum schaffte, hineinzukommen. Die Frau stand dort und hielt sich an einer Querstange fest, die oberhalb der Sitze seitlich entlanglief. Brian stand in ihrer Nähe und umklammerte mit der Hand einen Pfosten. Sie fuhren nur eine einzige lange Strecke bis zur nächsten Haltestelle, dann schob sie sich zu den Türen durch, die gerade aufgingen. Brian standen so viele Leute im Weg, daß er beinahe nicht rechtzeitig aus dem Wagen ins Freie gelangte, und dann mußte er sich beeilen, um sie wieder einzuholen. Er jagte ihr hinterher, als sie die Treppe zu einer anderen U-Bahn hinauflief.

Diesmal war der Waggon nicht so voll, und Brian stand in der Nähe einer alten Dame, die ihn an seine Großmutter erinnerte. Die Frau in dem dunklen Regenmantel stieg an der zweiten Haltestelle aus, und während er ihren Pferdeschwanz fest im Auge behielt, folgte er ihr, als sie die Stufen zur Straße hin buchstäblich hinaufrannte.

Sie kamen an einer verkehrsreichen Ecke an die

Oberfläche. In beide Richtungen rasten Busse an ihnen vorbei, die noch die breite Straße überqueren wollten, bevor die Ampel wieder auf Rot umsprang. Brian warf einen Blick nach hinten. Soweit er die Straße überschauen konnte, gab es hier nichts als Wohnhäuser. Licht strahlte aus Hunderten von Fenstern.

Die Frau mit dem Portemonnaie stand am Fußgängerüberweg und wartete auf grünes Licht. Als es aufblinkte, folgte er seinem Wild über die Straße. Auf der anderen Seite angekommen, ging sie nach links und schritt zügig den jetzt leicht bergab führenden Bürgersteig entlang. Während er ihr auf den Fersen blieb, warf Brian rasch einen Blick auf das Straßenschild. Als sie letzten Sommer zu Besuch dagewesen waren, hatte seine Mutter ein Spiel daraus gemacht, ihm die Straßen von New York zu erklären. »Gran wohnt in der Siebenundachtzigsten Straße«, hatte sie gesagt. »Wir sind auf der Fünfzigsten. Wie viele Blocks ist ihre Wohnung von hier weg?« Auf dem Schild hier stand Vierzehnte Straße. Er mußte das im Gedächtnis behalten, nahm er sich vor, während er hinter der Frau mit Moms Portemonnaie herging.

Er spürte Schneeflocken auf seinem Gesicht. Es wurde allmählich windig, und die Kälte stach ihm in die Wangen. Er wünschte, ein Cop würde vorbeikommen, damit er ihn um Hilfe bitten konnte, aber er sah nirgendwo einen. Er wußte sowieso schon, was er tun würde – er würde der Frau bis zu ihrer Wohnung folgen. Er hatte noch den Dollar, den ihm seine Mutter für den Mann gegeben hatte, der da vorhin Geige gespielt hatte. Er würde sich Wechselgeld besorgen und seine Großmutter anrufen, und sie konnte dann einen

Cop herschicken, der den Geldbeutel seiner Mom wieder zurückholen würde.

Das ist ein guter Plan, sagte er sich. Er war sich dessen sogar *sicher*. Er mußte einfach den Geldbeutel kriegen, und die Medaille, die dort drin war. Er dachte an den Moment, als Mom behauptet hatte, die Medaille werde ja doch nicht helfen, und Gran sie dann in die Hand nahm und sagte: *Bitte, gib sie Tom und hab Vertrauen.*

Der Gesichtsausdruck seiner Großmutter war so ruhig gewesen und so voller Sicherheit, daß Brian wußte, daß sie recht hatte. Sobald er erst die Medaille wiederhatte und sie sie Dad dann gaben, wurde er bestimmt wieder gesund. Brian *wußte* es einfach.

Die Frau mit dem Pferdeschwanz ging jetzt noch rascher. Er jagte hinter ihr her, als sie eine Straße überquerte und bis zum Ende eines neuen Straßenblocks weiterlief. Dann ging sie rechts um die Ecke.

Die Straße, auf der sie jetzt waren, war nicht so hell von geschmückten Schaufenstern wie die, aus der sie gerade gekommen waren. Einige Gebäude waren mit Brettern vernagelt, und es stand eine Menge Zeug an den Hauswänden geschrieben, und einige der Straßenlampen waren kaputt. Ein Typ mit einem Bart saß auf dem Bordstein und hielt eine Flasche fest. Er streckte die Hand nach Brian aus, als er an ihm vorbeilief.

Zum erstenmal hatte Brian Angst, aber er blickte unbeirrt auf die Frau vor ihm. Der Schnee fiel jetzt schneller, und der Bürgersteig fing an, rutschig zu werden. Einmal stolperte er, doch er konnte gerade noch verhindern, daß er hinfiel. Er geriet außer Atem, so sehr mußte er sich abmühen, mit der Lady Schritt zu halten. Wie weit lief sie wohl noch? fragte er sich. Vier Straßen weiter erhielt er die Antwort. Sie trat in den Eingang eines alten Gebäudes, steckte ihren Schlüssel in das Schloß und ging hinein. Brian stürzte los, um die Tür abzufangen, bevor sie zufiel, aber er kam zu spät. Die Haustür war ins Schloß gefallen.

Brian wußte nicht, was er jetzt tun sollte, doch dann sah er durch die Glasscheibe einen Mann auf sich zukommen. Als der Mann die Haustür öffnete und an ihm vorbeieilte, schaffte es Brian, danach zu greifen und sich geduckt hineinzuwerfen, bevor sie wieder zuging.

Der Hausflur war dunkel und schmutzig, und der Geruch abgestandenen Essens hing in der Luft. Vor sich konnte er hören, wie jemand die Stufen hinaufging. Brian schluckte schwer, um seine Angst niederzukämpfen, und begann dann langsam und möglichst, ohne Lärm zu machen, zum ersten Treppenabsatz hinaufzusteigen. Er würde feststellen, wohin die Frau gegangen war; dann würde er machen, daß er rauskäme, und ein Telefon suchen. Vielleicht würde er, anstatt Gran anzurufen, einfach die Notrufnummer wählen, überlegte er.

Seine Mom hatte ihm beigebracht, das solle er tun, wenn er einmal *wirklich* Hilfe brauchte.

Was bis jetzt nicht der Fall war.

»Also gut, Mrs. Dornan. Beschreiben Sie mir Ihren Sohn«, sagte der Polizeibeamte besänftigend.

»Er ist sieben und klein für sein Alter«, berichtete Catherine. Sie konnte hören, wie schrill ihre Stimme klang. Sie saßen jetzt in einem Streifenwagen, der vor dem Kaufhaus Sak's in der Nähe der Stelle, wo der Geiger gespielt hatte, geparkt war.

Sie spürte, wie Michael nach ihrer Hand faßte, um sie zu beruhigen.

»Welche Haarfarbe?« fragte der Beamte.

Michael antwortete: »Wie meine. Ein bißchen rötlich. Seine Augen sind blau. Er hat Sommersprossen, und einer von seinen Vorderzähnen fehlt. Er hat dieselben Hosen an wie ich, und sein Anorak ist wie meiner, bloß daß er blau ist und meiner grün. Er ist dünn.«

Der Polizist schaute Michael anerkennend an. »Du bist eine große Hilfe, Sohn. Also, Ma'am, Sie sagen, daß Ihr Portemonnaie weg ist? Glauben Sie, daß es Ihnen vielleicht runtergefallen ist, oder hat Sie irgend jemand gestreift? Ich meine, könnte es ein Taschendieb gewesen sein?«

»Ich weiß nicht«, sagte Catherine. »Ich mache mir nichts aus dem Portemonnaie. Aber als ich den Jungen Geld für den Geiger gegeben habe, da hab ich's vermutlich nicht tief genug in meine Tasche zurückgesteckt. Es war ziemlich dick und ist vielleicht einfach rausgefallen.«

»Ihr Sohn könnte es nicht einfach aufgehoben und dann beschlossen haben, einkaufen zu gehen?«

»Nein, nein, nein«, sagte Catherine auf einmal voller Zorn und schüttelte energisch den Kopf. »Bitte vergeuden Sie keine Zeit damit, das auch nur in Erwägung zu ziehen.«

»Wo wohnen Sie, Ma'am? Was ich damit sagen will, wollen Sie irgendwen anrufen?« Der Polizist blickte auf die Ringe an Catherines linker Hand. »Ihren Mann?«

»Mein Mann ist im Sloan-Kettering-Hospital. Er ist sehr krank. Er wird sich bald Gedanken machen, wo wir bleiben. Wir sollten nämlich eigentlich schon bei ihm sein. Er erwartet uns.« Catherine legte ihre Hand an die Tür des Streifenwagens. »Ich kann nicht einfach hier herumsitzen. Ich muß Brian suchen gehen.«

»Mrs. Dornan, ich gebe jetzt auf der Stelle Brians Personenbeschreibung durch. In drei Minuten wird jeder Cop in Manhattan anfangen, Ausschau nach ihm zu halten. Wissen Sie, er ist vielleicht einfach ein Stück weggewandert und hat sich dann verlaufen. Das kann passieren. Kommen Sie oft in die Innenstadt?«

»Wir haben früher in New York gewohnt, wohnen aber jetzt in Nebraska«, informierte ihn Michael. »Wir besuchen jeden Sommer meine Großmutter. Sie wohnt in der Siebenundachtzigsten Straße. Wir sind letzte Woche wieder hergekommen, weil mein Dad Leukämie hat und operiert werden mußte. Er hat mit dem Doktor zusammen studiert, der ihn operiert hat.«

Manuel Ortiz war erst seit einem Jahr Polizist, aber er war schon vielfach mit Kummer und Verzweiflung in Berührung gekommen. Beides sah er in den Augen dieser jungen Frau. Sie hatte einen Mann, der ernsthaft krank war, und nun ein Kind, das vermißt wurde. Für ihn war offensichtlich, daß sie leicht in einen Schockzustand geraten konnte.

»Dad merkt bestimmt, daß irgendwas nicht in Ordnung ist«, sagte Michael voller Sorge. »Mom, wär's nicht besser, wenn du ihn besuchen gehst?«

»Mrs. Dornan, was halten Sie davon, wenn Sie Michael bei uns lassen? Wir bleiben hier, falls Brian versucht, hierher zurückzufinden. Wir lassen alle unsre

Leute nach ihm schauen. Wir verteilen uns und benützen Lautsprecher, um ihn dazu zu bringen, daß er sich bei uns meldet – falls er irgendwo hier in der Nachbarschaft herumgeistert. Ich besorge einen anderen Wagen, der Sie zum Krankenhaus bringt und dort auf Sie wartet.«

»Sie bleiben bestimmt hier an Ort und Stelle, für den Fall, daß er zurückkommt?«

»Definitiv.«

»Michael, hältst du deine Augen nach Brian offen?«

»Klar, Mom. Ich schau mich nach dem Blödmann um.«

»Du sollst ihn nicht ...« Catherine sah den Ausdruck im Gesicht ihres Sohnes. Er versucht mich zu triezen, dachte sie. Er versucht mich davon zu überzeugen, daß Brian in Ordnung ist. Daß er in Ordnung sein wird.

Sie legte die Arme um Michael und spürte, wie er die Umarmung kurz und schroff erwiderte.

»Kopf hoch, Mom«, sagte er.

3

Jimmy Siddons fluchte still vor sich hin, als er durch das Oval in der Nähe der Avenue B im Wohnkomplex Stuyvesant Town ging. Die Uniform, die er dem Gefängniswärter ausgezogen hatte, verlieh ihm ein respektables Aussehen, aber es war viel zu gefährlich, sie auf der Straße zu tragen. Es war ihm gelungen, sich einen verdreckten Mantel und eine Strickmütze vom Einkaufswagen eines Obdachlosen zu greifen. Die Sachen waren vorläufig ganz nützlich, aber er mußte etwas anderes zum Anziehen auftreiben, etwas Anständiges.

Er brauchte auch ein Auto. Er brauchte eins, das man bis zum Morgen nicht vermissen würde, einen Wagen, den man für die Nacht abgestellt hatte, die Art von Auto, wie es einer dieser gutbürgerlichen Bewohner von Stuyvesant Town besaß: mittelgroß, braun oder schwarz, den meisten anderen Hondas oder Toyotas oder Fords auf den Straßen zum Verwechseln ähnlich. Nichts Auffallendes.

Bis jetzt hatte er noch nicht das richtige entdeckt. Er hatte beobachtet, wie irgendein alter komischer Kauz aus einem Honda ausgestiegen war und zu seiner Beifahrerin gesagt hatte: »Tut wirklich gut, wieder nach

Hause zu kommen«, aber er fuhr eine von diesen roten glänzenden Karren, die nach Aufmerksamkeit nur so schrien.

Ein junger Spund kam in einer alten Rostlaube an und parkte, aber so, wie der Motor klang, wollte Jimmy nichts damit zu tun haben. Das fehlte ihm gerade noch, dachte er; kaum auf dem Highway, und schon bricht das Ding zusammen.

Er fror und bekam allmählich Hunger. Zehn Stunden Autofahrt, sagte er sich. Dann bin ich in Kanada, und Paige trifft sich mit mir, und dann verduften wir gemeinsam wieder. Sie war die erste richtige Freundin, die er je gehabt hatte, und sie war ihm in Detroit eine große Hilfe gewesen. Er wußte, daß er im Sommer zuvor nie gefaßt worden wäre, hätte er diese Tankstelle in Michigan besser ausbaldowert. Er hätte klug genug sein müssen, erst das Außenklo zu überprüfen, anstatt sich von einem Cop außer Dienst überraschen zu lassen, der gerade rauskam, während er einen Revolver auf den Tankwart richtete.

Am folgenden Tag war er dann wieder auf dem Rückweg nach New York. Wo ihn ein Gerichtsverfahren wegen Polizistenmordes erwartete.

Ein älteres Paar ging an ihm vorbei und warf ihm ein Lächeln zu. »Fröhliche Weihnachten.«

Jimmy reagierte mit einem höflichen Kopfnicken. Dann aber spitzte er die Ohren, als er die Frau sagen hörte: »Ed, ich kann nicht fassen, daß du die Geschenke für die Kinder nicht in den Kofferraum getan hast. Wer läßt denn heutzutage noch irgend etwas über Nacht sichtbar im Auto liegen?«

Jimmy ging um die Ecke und trat dann in den tiefen

Schatten auf dem Gras, als er zurückkehrte, um das Ehepaar dabei zu beobachten, wie es vor einem dunklen Toyota stehenblieb. Der Mann öffnete die Wagentür. Vom Rücksitz holte er ein kleines Schaukelpferd und reichte es der Frau, bevor er ein halbes Dutzend in leuchtenden Farben eingewickelter Päckchen aufsammelte. Mit der Hilfe seiner Frau beförderte er alles in den Kofferraum, verschloß den Wagen wieder und trat auf den Bürgersteig zurück.

Jimmy hörte, wie die Frau sagte: »Das Telefon ist wohl im Handschuhfach sicher, schätze ich«, und ihr Mann erwiderte: »Aber ja. Reine Geldverschwendung, wenn du mich fragst. Kann's gar nicht erwarten, Bobbys Gesicht morgen zu sehen, wenn er alles aufmacht.«

Er beobachtete, wie die beiden um die Ecke gingen und verschwanden. Was bedeutete, daß sie von ihrer Wohnung aus nicht hinaussehen und einen leeren Parkplatz bemerken könnten.

Jimmy wartete zehn Minuten lang, bevor er zu dem Wagen hinüberging. Ein paar Schneeflocken wirbelten um ihn herum. Zwei Minuten später fuhr er bereits aus dem Wohnkomplex hinaus. Es war Viertel nach fünf. Er war zu Callys Apartment an der Ecke Zehnte und B unterwegs. Zweifellos würde sie überrascht sein, ihn zu sehen. Und nicht gerade erfreut. Sie dachte wahrscheinlich, er könne sie nicht finden. Wieso vermutete sie eigentlich, er hätte keine Möglichkeit, sie auch von Riker's Island aus im Auge zu behalten? fragte er sich.

Große Schwester, dachte er, als er in die Vierzehnte Straße einbog, du hast Grandma versprochen, dich um mich zu kümmern! »Jimmy braucht eine starke

Hand«, hatte Grandma gesagt. »Er ist mit üblen Typen zusammen. Er läßt sich zu leicht beeinflussen.« Nun, Cally hatte ihn keinmal im Gefängnis besucht. Kein einziges Mal. Er hatte noch nicht mal was von ihr gehört.

Er mußte sich in acht nehmen. Er war überzeugt davon, daß die Cops im Umkreis von Callys Apartmenthaus nach ihm Ausschau halten würden. Aber auch das hatte er bereits einkalkuliert. Er hatte früher in der Gegend herumgehangen und wußte, wie man vom anderen Ende des Blocks aus über die Dächer und in das Haus gelangen konnte. Ein paarmal hatte er dort sogar ein Ding gedreht, als er noch ein Kind gewesen war.

So, wie er Cally kannte, hegte er keinen Zweifel, daß sie im Schrank noch einiges von Franks Kleidung aufhob. Sie war völlig vernarrt in ihn gewesen, hatte vermutlich noch überall in der Wohnung Bilder von ihm herumhängen. Man würde nie auf die Idee kommen, daß er sogar schon vor Gigis Geburt gestorben war.

Und so, wie er Cally kannte, hatte sie wenigstens ein paar Kröten, damit ihr kleiner Bruder die Straßengebühren bezahlen konnte. Er würde einen Weg finden, sie davon zu überzeugen, daß sie besser den Mund hielt, bis er in Kanada bei Paige in Sicherheit war.

Paige. Ein Bild von ihr tauchte in seiner Vorstellung auf. Üppig. Blond. Erst zweiundzwanzig. Total verknallt in ihn. Sie hatte alles organisiert, hatte die Pistole zu ihm reingeschmuggelt. Sie würde ihn nie im Stich lassen oder ihm die kalte Schulter zeigen.

Jimmys Lächeln war unangenehm. Du hast mir nie zu helfen versucht, während ich auf Riker's Island verfault bin, dachte er – aber noch einmal, Schwesterherz, du wirst mir helfen, wegzukommen, ob es dir nun paßt oder nicht.

Er parkte den Wagen einen Block entfernt von der Rückseite des Hauses, wo Cally wohnte, und tat dann so, als wolle er einen Reifen überprüfen, während er sich umschaute. Keine Cops in Sicht. Selbst wenn sie Callys Wohnung bereits überwachten, so wußten sie vermutlich nicht, daß man durch den mit Brettern verrammelten Müllabladeplatz dorthin gelangen konnte. Als er sich aufrichtete, fluchte er. Der verdammte Aufkleber auf der Stoßstange. Zu auffällig. WIR HAUEN DIE ERBSCHAFT UNSERER ENKEL AUF DEN KOPF. Er schaffte es, den Aufkleber weitgehend abzukriegen.

Fünfzehn Minuten später hatte Jimmy das lächerliche Schloß von Callys Wohnung geknackt und war drinnen. Was für eine Absteige, dachte er, als er die Risse an der Decke und das abgenutzte Linoleum in dem winzigen Flur am Eingang musterte. Aber sauber. Cally war schon immer ordentlich gewesen. Unter einem Christbaum in der Ecke eines Raums, der als Wohnzimmer herhalten mußte, lagen ein paar kleine, bunt verpackte Geschenke.

Jimmy zuckte die Achseln und ging ins Schlafzimmer, wo er den Einbauschrank nach den Kleidungsstücken durchwühlte, von deren Vorhandensein er überzeugt war. Nachdem er sich umgezogen hatte, durchsuchte er die ganze Wohnung nach Geld, fand aber keins. Er riß die Türen auf, die den Herd, den Kühlschrank und das Spülbecken vom Wohnbereich abtrennten, suchte ohne Erfolg nach einem Bier, gab sich mit einer Pepsi zufrieden und machte sich ein Sandwich.

Demzufolge, was seine Quellen ihm zugetragen hatten, hätte Cally mittlerweile von ihrem Job im Krankenhaus zurück sein müssen. Er wußte, daß sie Gigi unterwegs von der Babysitterin abholte. Äußerst nervös, die Augen unverwandt auf die Wohnungstür gerichtet, saß er auf dem Sofa. Die meisten der wenigen Dollars aus den Taschen des Gefängniswärters hatte er für ein paar Happen zum Essen ausgegeben. Er mußte unbedingt Geld für die Straßengebühren auftreiben, außerdem genug für eine weitere Tankfüllung Benzin. Komm schon, Cally, dachte er, wo zum Teufel steckst du nur?

Um zehn vor sechs hörte er, wie der Schlüssel ins Schloß gesteckt wurde. Er sprang auf, und mit drei langen Schritten war er am Eingang, preßte sich flach an die Wand. Er wartete ab, bis Cally hereintrat und die Tür hinter sich schloß, um ihr dann sofort die Hand auf den Mund zu legen.

»Nicht schreien!« flüsterte er, während er ihr entsetztes Aufstöhnen mit der Handfläche abdämpfte. »Kapiert?«

Sie nickte mit vor Furcht aufgerissenen Augen.

»Wo ist Gigi? Wieso ist sie nicht bei dir?«

Er lockerte seinen Griff so lange, daß sie atemlos und fast unhörbar sagen konnte: »Sie ist bei der Babysitterin. Sie behält sie heute länger da, damit ich einkaufen kann. Jimmy, was *machst* du hier überhaupt?«

»Wieviel Geld hast du bei dir?«

»Hier, nimm meine Handtasche.« Cally hielt sie ihm

hin und hoffte dabei inständig, er werde nicht auf die Idee kommen, ihre Manteltaschen zu durchstöbern. O Gott, dachte sie, mach, daß er verschwindet!

Er nahm die Tasche und warnte in einem tiefen und drohenden Ton: »Cally, ich laß dich jetzt los. Mach ja keine Sperenzchen, oder Gigi hat keine Mommy mehr, die auf sie wartet. Ist das klar?«

»Ja. Ja.«

Cally wartete, bis er seinen Griff um ihren Körper lockerte, dann drehte sie sich langsam zu ihm hin. Sie hatte ihren Bruder seit jener schrecklichen Nacht vor nahezu drei Jahren nicht mehr gesehen, als sie mit Gigi auf dem Arm von ihrer Arbeit bei der Kindertagesstätte nach Hause kam und ihn in ihrer Wohnung im West Village vorfand.

Er sieht noch ungefähr genauso aus, dachte sie, außer daß seine Haare kürzer sind und sein Gesicht schmaler ist. In seinen Augen war nicht einmal eine Spur der gelegentlichen Wärme zu finden, die sie einst hatte hoffen lassen, es bestehe doch die Möglichkeit, daß er sich eines Tages bessern werde. Jetzt nicht mehr. Es war nichts von dem verängstigten Sechsjährigen übriggeblieben, der sich damals, als ihre Mutter sie beide einfach bei Grandma deponierte und auf Nimmerwiedersehen verschwand, an sie geklammert hatte.

Er machte in einer unbeherrschten Geste ihre Handtasche auf, kramte darin herum und zog ihr hellgrünes Portemonnaie, eine Kombination von Brieftasche und Münzgeldbeutel, hervor. »Achtzehn Dollar«, sagte er verärgert, nachdem er rasch ihr Geld durchgezählt hatte. »Ist das alles?«

»Jimmy, ich werde übermorgen bezahlt«, sagte Cally

flehentlich. »Bitte nimm's einfach, und hau wieder ab. Bitte laß mich in Ruhe.«

Der Tank im Auto ist noch halb voll, überlegte Jimmy. Hier ist genug Geld für einen weiteren halben Tank und für die Straßengebühren. Ich könnte es vielleicht gerade bis Kanada schaffen. Er mußte natürlich Cally zum Schweigen verdonnern, was leicht genug sein soll. Er würde ihr einfach androhen, falls sie die Cops auf ihn hetzte und man ihn zu fassen bekäme, dann werde er schwören, sie hätte dafür gesorgt, daß ihm jemand die Pistole hereinschmuggelte, mit der er auf den Gefängnisbeamten geschossen hatte.

Plötzlich ließ ihn ein Geräusch von draußen herumfahren. Er blickte mit einem Auge durch den Spion an der Wohnungstür, konnte jedoch niemanden dort sehen. Mit einer drohenden Geste zu Cally hin bedeutete er ihr, sie solle ja ruhig bleiben, während er ganz leise den runden Griff drehte und die Tür einen Spalt öffnete, gerade rechtzeitig, um zu entdecken, wie ein kleiner Junge sich aufrichtete, umdrehte und auf den Zehenspitzen zur Treppe ging.

In einer einzigen schnellen Bewegung riß Jimmy die Wohnungstür auf und fing das Kind ab – mit dem einen Arm um die Hüfte des Kleinen, dem anderen über seinem Mund –, zog es herein und setzte es dann ausgesprochen grob ab.

»Heimlich lauschen, Kleiner? Wer ist das, Cally?«

»Jimmy, laß ihn in Ruhe. Ich weiß nicht, wer das ist«, rief sie. »Ich hab ihn noch nie gesehn.«

Brian hatte solche Angst, daß er kaum reden konnte. Aber er merkte, daß der Mann und die Frau wütend aufeinander waren. Vielleicht half ihm der Mann ja, das

Portemonnaie seiner Mutter zurückzubekommen, dachte er. Er zeigte auf Cally. »Sie hat das Portemonnaie von meiner Mom.«

Jimmy ließ Brian los. »Also, das ist ja ’ne gute Neuigkeit«, sagte er mit einem Grinsen, während er sich seiner Schwester zuwandte. »Meinst du nicht auch?«

4

Ein Zivilbeamter fuhr Catherine mit einem nicht als Polizeifahrzeug gekennzeichneten Wagen zum Krankenhaus. »Ich bleibe hier und warte, Mrs. Dornan«, erklärte er. »Ich lasse den Polizeifunk laufen, damit wir sofort Bescheid wissen, sobald sie Brian finden.«

Catherine nickte. *Falls sie Brian finden*, ging ihr blitzschnell durch den Kopf. Sie spürte, wie ihre Kehle sich angesichts des Schreckens verengte, den dieser Gedanke hervorrief.

Die Eingangshalle des Krankenhauses war für die Weihnachtsfeiertage festlich geschmückt. Ein Christbaum stand in der Mitte, Girlanden aus Tannenzweigen hingen da, und am Empfangsschalter waren Blumentöpfe mit Christsternen aufgestellt.

Sie erhielt einen Besucherausweis und erfuhr, daß Tom jetzt im Zimmer 530 lag. Sie ging zu der Reihe Aufzüge hinüber und stieg in einen Lift, der bereits zur Hälfte voll war, hauptsächlich mit Klinikpersonal – Ärzte in Weiß mit dem verräterischen Stift plus Notizblock in ihren Brusttaschen, Leute vom Reinigungsdienst in grünen Kitteln, ein paar Krankenschwestern.

Vor zwei Wochen noch, dachte Catherine, machte Tom seine Visite im St. Mary's in Omaha, und ich habe

Weihnachtseinkäufe erledigt. Am Abend dann sind wir mit den Kindern ausgegangen, um Hamburger zu essen. Das Leben war ganz normal und gut und machte Spaß, und wir haben Witze darüber gemacht, wie Tom letztes Jahr solche Schwierigkeiten damit hatte, den Weihnachtsbaum in den Ständer zu bekommen, und ich versprach ihm, noch vor Heiligabend einen neuen Ständer zu besorgen. Und wieder einmal dachte ich mir, daß Tom so müde aussah, und ich habe nichts deswegen unternommen.

Drei Tage später ist er dann zusammengebrochen.

»Haben Sie nicht auf den vierten Stock gedrückt?« fragte jemand.

Catherine blinzelte. »Oh, ja, danke.« Sie verließ den Aufzug und blieb einen Augenblick stehen, um sich zu sammeln. Sie fand, wonach sie suchte, einen Pfeil an der Wand, der zu den Zimmern 515 bis 530 hinwies.

Als sie auf das Stationszimmer zuging, erblickte sie Spence Crowley. Ihr Mund wurde mit einemmal trocken. Unmittelbar nach der Operation am Morgen hatte Spence ihr versichert, alles sei glatt verlaufen und sein Assistent werde dann nachmittags nach dem Patienten sehen. Weshalb also war Spence jetzt hier? fragte sie sich besorgt. Stimmte womöglich etwas nicht?

Er entdeckte sie und lächelte. O Gott, er würde nicht lächeln, falls Tom ... Es war ein weiterer Gedanke, den sie nicht zu Ende denken konnte.

Er ging rasch um den Schreibtisch herum und kam auf sie zu. »Catherine, wenn du nur deinen Gesichtsausdruck sehen könntest! Tom ist gut beieinander. Er ist natürlich ziemlich benommen, aber seine Werte sind gut.«

Von dem Wunsch beseelt, seinen Worten Glauben zu schenken, der Ehrlichkeit zu trauen, die sie in den braunen Augen hinter der randlosen Brille sah, schaute Catherine zu ihm hoch.

Er ergriff sie energisch am Arm und führte sie in den kleinen Raum hinter dem Stationszimmer. »Catherine, ich will dich nicht überfahren, aber du mußt einfach einsehen, daß Tom eine gute Chance hat, diese Sache zu überwinden. Eine sehr gute Chance. Ich habe Patienten, die ein nützliches, erfülltes Leben mit Leukämie führen. Es gibt verschiedene Arten von Medikamenten, um die Krankheit in den Griff zu bekommen. Das Mittel, das ich einsetzen will, ist Interferon. Es hat bei einigen meiner Patienten wahre Wunder vollbracht. Das bedeutet fürs erste tägliche Spritzen, aber sobald wir erst die Dosis angepaßt haben, kann er sie sich selbst geben. Wenn er völlig von der Operation genesen ist, kann er wieder praktizieren, und ich schwöre dir, das wird auch geschehen.« Dann fügte er leise hinzu: »Aber es gibt ein Problem.«

Jetzt machte er ein strenges Gesicht. »Als du Tom heute nachmittag in der Intensivstation gesehen hast, warst du offenbar ziemlich aufgelöst.«

»Ja.« Sie hatte versucht, nicht zu weinen, konnte aber einfach nicht damit aufhören. Sie war so beunruhigt gewesen, und nun zu wissen, daß er die Operation überstanden hatte, war eine solche Erleichterung, daß sie sich einfach nicht zusammenreißen konnte.

»Catherine, Tom hat mich gerade gebeten, ich soll ihm reinen Wein einschenken. Er glaubt, ich hätte dir gesagt, daß es keine Hoffnung gibt. Er fängt an, mir nicht mehr zu vertrauen. Er fragt sich allmählich, ob ich vielleicht irgendwas vor ihm verberge, daß es vielleicht schlimmer um ihn steht, als ich ihm sage. Also, Catherine, das stimmt schlicht und einfach nicht, und es ist deine Aufgabe, ihn davon zu überzeugen, daß du in jeder Hinsicht darauf baust, daß ihr beide ein langes gemeinsames Leben vor euch habt. Er darf sich jetzt nicht einreden, er hätte nur noch eine sehr begrenzte Zeit vor sich, nicht nur, weil ihm das schaden würde, sondern auch, und das ist ebenso wichtig, weil ich nicht glaube, daß das *stimmt*. Um wieder zu Kräften zu kommen, braucht Tom den Glauben an seine Chance, daß es wieder aufwärts geht, und ein großer Teil davon muß von dir kommen.«

»Spence, ich hätte *merken* müssen, daß es ihm schlecht ging.« Spence legte seine Arme um ihre Schultern und drückte sie kurz an sich. »Hör mal zu«, sagte er, »es gibt ein altes Sprichwort: ›Arzt, heile dich selbst.‹ Sobald es Tom bessergeht, werde ich ihm ordentlich die Leviten lesen, daß er einige der Warnzeichen, die ihm sein Körper gegeben hat, einfach ignoriert hat. Jetzt aber geh mit einem leichten Schritt und fröhlichem Gesicht da hinein. Du schaffst das schon.«

Catherine zwang sich ein Lächeln ab. »So richtig?«

»Schon viel besser«, nickte er. »Lächle einfach weiter. Denk dran, es ist Weihnachten. Wolltest du eigentlich heute abend nicht die Jungs mitbringen?«

Sie konnte nichts von Brians Verschwinden erwähnen. Nicht jetzt. Statt dessen übte sie ein, was sie Tom erzählen würde. »Brian mußte ständig niesen, und ich will erst sichergehen, daß er nicht womöglich eine Erkältung kriegt.«

»Das war klug von dir. Also gut. Bis morgen dann, meine Kleine. Und denk dran, immer nur lächeln. Du siehst umwerfend aus, wenn du lächelst.«

Catherine nickte und begann den Flur entlang zum Zimmer 530 zu gehen. Sie machte leise die Tür auf. Tom schlief. Man hatte ihm einen intravenösen Tropf gelegt. Schläuche zur Sauerstoffzufuhr steckten in seinen Nasenlöchern. Seine Haut war so weiß wie der Kopfkissenbezug. Seine Lippen waren aschfahl.

Die speziell für ihn abgestellte Krankenschwester stand auf. »Er hat nach ihnen gefragt, Mrs. Dornan. Ich warte inzwischen draußen.«

Catherine zog einen Stuhl an das Bett. Sie setzte sich hin und legte ihre Hand auf die, die auf der Bettdecke lag. Sie musterte das Gesicht ihres Mannes bis ins kleinste Detail: die hohe Stirn, umrahmt von dem rotbraunen Haar, das genau die gleiche Farbe wie das von Brian hatte; die dichten Augenbrauen, die immer etwas widerspenstig aussahen; die wohlgeformte Nase und die Lippen, auf denen normalerweise ein Lächeln lag. Sie dachte an seine Augen, eher blau als grau, und an die Wärme und das Verständnis, die sie ausstrahlten. Er flößt seinen Patienten Zuversicht ein, dachte sie. Ach, Tom, ich möchte dir sagen, daß unser kleiner Junge verschwunden ist. Ich möchte, daß du gesund bist und bei mir, damit wir ihn gemeinsam suchen können.

Tom Dornan schlug die Augen auf. »Hallo, Liebste«, sagte er schwach.

»Hallo, du.« Sie beugte sich über ihn und gab ihm einen Kuß. »Es tut mir leid, daß ich heute nachmittag so weinerlich war. Du kannst es prämenstruelles Syndrom nennen oder einfach altmodische Erleichterung.

Du weißt doch, was für eine sentimentale Kuh ich bin. Ich heule ja sogar bei einem Happy-End.«

Sie richtete sich auf und sah ihm direkt in die Augen. »Du machst gute Fortschritte. Ganz ehrlich, weißt du.«

Sie konnte sehen, daß er ihr nicht glaubte. *Noch nicht*, dachte sie mit Entschlossenheit.

»Ich dachte, du bringst die Kinder heute abend mit?« Seine Stimme war tief und stockend.

Ihr wurde bewußt, daß sie Tom gegenüber Brians Namen nicht erwähnen konnte, ohne die Fassung zu verlieren. Statt dessen erklärte sie rasch: »Ich hatte Angst, daß sie zu wild über dich herfallen. Ich hab mir gedacht, es wär eine gute Idee, sie bis morgen vormittag warten zu lassen.«

»Deine Mutter hat angerufen«, sagte Tom schläfrig. »Die Schwester hat mit ihr geredet. Sie hat gesagt, sie hätte dir ein besonderes Geschenk für mich mitgegeben. Was ist es denn?«

»Nicht ohne die Jungs. Sie wollen es dir nämlich selbst geben.«

»Gut. Aber bring sie auch bestimmt morgen früh mit. Ich will sie sehen.«

»Ganz bestimmt. Aber da wir schon mal allein sind, sollte ich vielleicht zu dir ins Bett schlüpfen.«

Tom schlug wieder die Augen auf. »Das ist ein Wort.« Ein Lächeln huschte über seine Lippen. Und dann war er wieder eingeschlafen.

Eine ganze Weile lang legte sie den Kopf auf das Bett, bevor sie dann aufstand, als die Krankenschwester auf Zehenspitzen wieder ins Zimmer kam. »Sieht er nicht phantastisch aus?« fragte Catherine heiter, während die Schwester Toms Puls fühlte.

Sie wußte, daß Tom sie womöglich hören konnte, selbst während er schon wieder einschlummerte. Dann, nach einem letzten Blick auf ihren Mann, eilte sie aus dem Zimmer, den Flur hinunter und zu dem Aufzug, anschließend durch die Eingangshalle und in den wartenden Polizeiwagen.

Der Kriminalbeamte in Zivil beantwortete ihre nicht ausgesprochene Frage: »Noch nichts Neues, Mrs. Dornan.«

5

»Gib's her, hab ich gesagt«, sagte Jimmy Siddons in drohendem Tonfall.

Cally versuchte, sich stur zu stellen. »Ich weiß nicht, wovon dieser Junge überhaupt redet, Jimmy.«

»Doch, das wissen Sie wohl«, warf Brian ein. »Ich hab gesehen, wie Sie das Portemonnaie von meiner Mom aufgehoben haben. Und ich bin hinter Ihnen her, weil ich es zurückhaben muß.«

»Bist du nicht ein schlauer Bengel?« höhnte Siddons. »Immer hinter der Kohle her.« Seine Miene nahm einen häßlichen Ausdruck an, als er sich an seine Schwester wandte. »Zwing mich nicht, dir das Ding abzunehmen, Cally.«

Es war zwecklos, so zu tun, als hätte sie es nicht. Jimmy wußte, daß der Junge die Wahrheit sagte. Cally hatte noch ihren Mantel an. Sie griff in die Tasche und holte das hübsche Portemonnaie aus marokkanischem Leder hervor. Schweigend reichte sie es ihrem Bruder.

»Das gehört meiner Mutter«, sagte Brian herausfordernd. Der Blick, den ihm der Mann daraufhin zuwarf, jagte ihm einen Schauer über den Rücken. Er hatte schon Anstalten gemacht, nach dem Portemonnaie zu greifen; statt dessen vergrub er nun, mit einemmal verängstigt, die Hände tief in die Hosentaschen.

Jimmy Siddons machte das Portemonnaie auf. »Sieh mal einer an«, sagte er jetzt voller Bewunderung in der Stimme. »Cally, du überraschst mich. Du schlägst ja ein paar von den Taschendieben, die ich kenne, um Längen.«

»Ich hab es nicht gestohlen«, protestierte Cally. »Jemand hat es fallen lassen, ich hab es gefunden. Ich wollte den Geldbeutel mit der Post zurückschicken.«

»Also, das kannst du vergessen«, erklärte Jimmy. »Jetzt gehört er mir, und ich brauch das Ding.«

Er zog ein dickes Bündel Banknoten hervor und begann zu zählen. »Drei Hunderter, vier Fünfziger, sechs Zwanziger, vier Zehner, fünf Fünfer, drei Ein-Dollar-Scheine. Sechshundertachtundachtzig Dollar. Nicht schlecht, im Grunde paßt das prima.«

Er stopfte sich das Geld in die Tasche der Wildlederjacke, die er aus dem Schlafzimmerschrank geholt hatte, und begann, die einzelnen Fächer des Portemonnaies zu untersuchen. »Kreditkarten. Ja, warum nicht? Führerschein – nein, gleich zwei: Catherine Dornan und Dr. Thomas Dornan. Wer ist Dr. Thomas Dornan, Kleiner?«

»Mein Dad. Er ist im Krankenhaus.« Brian schaute zu, als das tiefe Fach in der Brieftasche die Medaille freigab.

Jimmy Siddons kramte es heraus, hielt es an der Kette hoch, lachte dann ungläubig los. »Sankt Christophorus! Ich bin zwar schon seit Jahren nicht mehr in einer Kirche gewesen, aber sogar ich weiß, daß sie ihn schon vor langer Zeit rausgeschmissen haben. Und wenn ich an die ganzen Geschichten denke, die uns Grandma immer darüber erzählt hat, wie er das Christkind auf seinen Schultern über den Strom oder den Fluß oder was auch immer getragen hat! Weißt du noch, Cally?« Verächtlich ließ er die Medaille auf den Boden fallen.

Brian stürzte sich darauf, um sie aufzuheben. Er umklammerte sie mit einer Hand und hängte sie sich um den Hals. »Mein Grandpa hat sie den ganzen Krieg hindurch getragen und ist heil wieder nach Hause gekommen. Sie wird meinem Dad helfen, daß er wieder gesund wird. Ich mach mir nichts aus dem Portemonnaie. Das können Sie haben. Dies hier wollte ich wirklich haben. Ich geh jetzt wieder nach Hause.« Er drehte sich um und rannte auf die Tür zu. Er hatte bereits den Griff herumgedreht und die Tür aufgezogen, bevor Siddons ihn einholte, ihm eine Hand auf den Mund klappte und ihn in die Wohnung zurückriß.

»Du und Sankt Christophorus bleibt schön brav hier bei mir, Kumpel«, sagte er, während er ihn grob auf den Boden stieß.

Brian rang nach Luft, als seine Stirn auf dem gerissenen Linoleum aufschlug. Er setzte sich langsam auf und rieb sich den Kopf. Es kam ihm so vor, als drehe sich alles um ihn herum, aber er konnte hören, wie die Frau, der er gefolgt war, auf den Mann einredete. »Jimmy, tu ihm nichts! Bitte. Laß uns in Ruhe. Nimm das Geld und geh. Aber verschwinde jetzt von hier.«

Brian schlang die Arme um seine Beine und bemühte sich, nicht zu weinen. Er hätte der Lady nicht nachgehen sollen. Jetzt war ihm das klar. Er hätte laut brüllen sollen, anstatt hinter ihr herzurennen, damit jemand sie vielleicht zurückhielt. Dieser Mann war böse. Dieser Mann würde ihn nicht heimgehen lassen. Und keiner wußte, wo er war. Keiner wußte, wo man überhaupt nach ihm suchen sollte.

Er spürte, wie die Medaille gegen seine Brust baumelte, und umschloß sie mit einer Faust. Bitte, bring mich zu meiner Mom zurück, betete er im stillen, damit ich dich Dad bringen kann.

Er blickte nicht auf, um zuzusehen, wie Jimmy Siddons ihn musterte. Er wußte nicht, daß Jimmy wie verrückt nachdachte, um die Situation richtig einzuschätzen. Dieser Knirps ist also hinter Cally hergelaufen, als sie das Portemonnaie an sich nahm, dachte Siddons. Ist irgendwer hinter ihm hergelaufen? Nein. Denn sonst wäre derjenige inzwischen längst hier. »Wo hast du das Portemonnaie gefunden?« fragte er seine Schwester.

»Auf der Fifth Avenue. Gegenüber vom Rockefeller Center.« Cally war jetzt außer sich vor Entsetzen. Jimmy würde vor nichts zurückschrecken, um sein Entkommen zu gewährleisten. Nicht davor, sie umzubringen. Nicht davor, das Kind umzubringen. »Es muß seiner Mutter runtergefallen sein. Ich hab es vom Bürgersteig aufgehoben. Da hat er mich wahrscheinlich gesehen.«

»Ja, wahrscheinlich.« Jimmy blickte auf das Telefon auf dem Tisch bei dem Sofa. Dann griff er grinsend nach dem Mobiltelefon, das er aus dem Handschuhfach des gestohlenen Wagens geholt hatte. Er zog auch eine Pistole hervor und richtete sie auf Cally. »Die Cops haben vielleicht dein Telefon angezapft.« Er zeigte auf den Tisch neben dem Sofa. »Geh da rüber. Ich wähl jetzt deine Nummer und erzähl dir, daß ich mich stelle und will, daß du diesen Pflichtverteidiger anrufst, der für mich zuständig ist. Du brauchst bloß schön nett und nervös zu tun, genauso, wie du gerade bist. Mach einen Schnitzer, und du und dieser Kleine seid tot.«

Er schaute zu Brian hinunter. »Einen einzigen Piepser von dir, und ...« Er führte die Drohung nicht genauer aus.

Brian nickte zum Zeichen, daß er begriffen hatte. Er hatte zu viel Angst, als daß er auch nur hätte versprechen können, ruhig zu bleiben.

»Cally, hast du das alles kapiert?«

Cally nickte. Wie blöde ich nur war, dachte sie. Ich war tatsächlich so dumm, zu glauben, ich wäre ihn los. Keine Chance. Er weiß sogar die Telefonnummer hier.

Er wählte zu Ende, und der Apparat neben ihr fing zu läuten an. »Hallo.« Ihre Stimme war leise und gedämpft.

»Cally, hier ist Jimmy. Hör mal, ich steck in der Patsche. Du weißt wahrscheinlich schon Bescheid. Es tut mir leid, daß ich versucht hab, abzuhauen. Ich hoffe, daß dieser Gefängniswärter durchkommt. Ich bin pleite, und ich hab Schiß.« Jimmys Stimme klang weinerlich. »Ruf Gil Weinstein an. Er ist der Pflichtverteidiger, der für mich zuständig ist. Sag ihm, daß ich ihn an der St. Patrick's Cathedral treffe, wenn die Mitternachtsmesse vorbei ist. Sag ihm, daß ich mich stellen will und daß ich will, daß er bei mir ist. Seine Privatnummer ist fünf, fünf, fünf – null, zwei, sechs, sieben. Cally, tut mir leid, daß ich alles so schlimm verpfuscht hab.«

Jimmy drückte die Unterbrechungstaste auf dem

Mobiltelefon und wartete ab, bis Cally ebenfalls aufgelegt hatte. »Sie können einen Anruf von einem Handy aus nicht zurückverfolgen, das weißt du doch, oder? Okay, jetzt ruf Weinstein an, und verpaß ihm dieselbe Geschichte. Wenn die Cops mithören, dann springen die jetzt bestimmt schon vor Freude an die Decke.«

»Jimmy, die denken doch dann, daß ich ...«

Mit zwei Schritten war Jimmy neben ihr, hielt ihr die Pistole an den Kopf. »Ruf an.«

»Dein Anwalt ist vielleicht nicht zu Hause. Er weigert sich vielleicht, sich mit dir zu treffen.«

»Quatsch. Ich kenne ihn. Er ist ein Idiot. Er steht auf den Medienrummel. Ruf schon an.«

Cally mußte nicht darauf hingewiesen werden, daß alles schnell gehen mußte. Sobald Gil Weinstein am Apparat war, sagte sie rasch: »Sie kennen mich nicht. Ich bin Cally Hunter. Mein Bruder, Jimmy Siddons, hat gerade angerufen. Er will, daß ich Ihnen sage ...« Mit zitternder Stimme gab sie die Botschaft weiter.

»Gut, dann treffe ich mich mit ihm«, sagte der Rechtsanwalt. »Ich bin froh, daß er das macht, aber falls dieser Gefängnisbeamte stirbt, muß Jimmy sich auf einen Prozeß gefaßt machen, bei dem's um die Todesstrafe geht. Er könnte für den ersten Mord lebenslänglich ohne die Möglichkeit einer vorzeitigen Entlassung bekommen, aber jetzt ...« Seine Stimme verlor sich.

»Ich glaube, das weiß er.« Cally sah Jimmys Geste. »Ich muß jetzt auflegen. Wiederhören, Mr. Weinstein.«

»Du gibst eine großartige Komplizin ab, große Schwester«, sagte Jimmy zu ihr. Er blickte zu Brian hinunter. »Wie heißt du, Kleiner?«

»Brian«, flüsterte er.

»Also los, Brian. Wir verduften jetzt.«

»Jimmy, laß ihn in Ruhe. Bitte. Laß ihn hier bei mir.«

»Kommt nicht in Frage. Es gibt immer die Möglichkeit, daß du zu den Cops rennst, obwohl du ja selber in der Tinte steckst, sobald die bloß mit dem Kleinen hier reden. Schließlich hast du nun mal das Portemonnaie von seiner Mama geklaut. Nein, der Kleine kommt mit mir. Niemand hält schließlich nach einem Kerl mit seinem kleinen Jungen Ausschau, oder? Ich lasse ihn morgen früh wieder frei, wenn ich dort bin, wo ich hinwill. Danach kannst du ihnen dann über mich erzählen, was du willst. Der Kleine hilft dir dann sogar dabei, oder nicht, Sohnemann?«

Brian schmiegte sich an Cally. Er hatte solche Angst vor dem Mann, daß er zitterte. Hatte der Mann etwa vor, ihn zum Mitkommen zu zwingen?

»Jimmy, laß ihn da. Bitte.« Cally schob Brian hinter sich.

Jimmy Siddons' Mund verzerrte sich vor Wut. Er packte Cally am Arm und riß sie zu sich heran, wobei er ihr den Arm unsanft auf den Rücken verdrehte.

Sie schrie auf, als sie Brian loslassen mußte, und rutschte auf den Boden.

Mit einem Blick, der jede Zuneigung leugnete, die einmal zwischen ihnen bestanden haben mochte, stand Jimmy über seiner Schwester da und hielt ihr wieder die Pistole an den Kopf. »Wenn du nicht machst, was ich dir sage, kriegst du noch mehr davon ab ... und schlimmer. Die kriegen mich nicht lebendig zu fassen. Weder du noch sonst jemand schickt mich in den Hinrichtungsraum. Außerdem hab ich eine Freundin, die auf mich wartet. Also halt einfach die Klappe. Ich bin sogar zu einem Handel bereit. Du verrätst nichts, und ich laß den Kleinen am Leben. Aber wenn die Cops mir auf die Pelle rücken, kriegt er eine Kugel in den Kopf. So einfach ist das Ganze. Hast du kapiert?«

Er steckte die Pistole wieder in seine Jacke, langte dann hinunter und zog Brian grob auf die Füße. »Du und ich, wir beide werden noch richtige Kumpel, Sohnemann«, erklärte er. »Richtige Kumpel.« Er grinste. »Fröhliche Weihnachten, Cally.«

6

Der unauffällige, am Straßenrand gegenüber von Callys Mietshaus geparkte Lieferwagen war der Beobachtungsstand für die Detectives, die das Apartmentgebäude auf irgendein Zeichen von Jimmy Siddons hin im Auge behielten. Sie hatten Cally ein wenig später als üblich nach Hause kommen sehen.

Jack Shore, der Detective, der Cally am Morgen aufgesucht hatte, zog seine Kopfhörer ab, fluchte unhörbar vor sich hin und wandte sich an seinen Partner. »Was hältst du davon, Mort? Nein, warte. Ich will dir sagen, was ich davon halte. Es ist ein Trick. Er versucht bloß Zeit zu gewinnen, um so weit wie nur möglich von New York wegzukommen, während wir in St. Pat's mit dem Klingelbeutel rumgehen und nach ihm Ausschau halten.«

Mort Levy, zwanzig Jahre jünger als Shore und weniger zynisch, rieb sich das Kinn, was ein Zeichen dafür war, daß er gründlich nachdachte. »Wenn es ein Trick ist, glaube ich nicht, daß die Schwester aus freien Stücken mitspielt. Man braucht kein Meßgerät, um die Anspannung in ihrer Stimme zu hören.«

»Hör mal, Mort, du warst doch bei Bill Grassos Beerdigung. Dreißig Jahre alt, mit vier kleinen Kindern, und dieser Schurke Siddons hat ihm zwischen die Augen geschossen. Wenn Cally Hunter uns reinen Wein eingeschenkt und gesagt hätte, daß sie dieser Ratte von einem Bruder Geld und ihre Autoschlüssel gegeben hat, dann hätte Grasso gewußt, womit er es zu tun hatte, als er ihn anhielt, weil er bei Rot durchgefahren war.«

»Ich glaube nach wie vor, daß Cally auf Jimmys Märchen reingefallen ist, daß er sich aus dem Staub machen wollte, weil er in einen Bandenkrieg geraten und die andere Bande hinter ihm her war. Ich glaube nicht, daß sie wußte, daß er einen Angestellten in einem Getränkeladen verwundet hatte. Bis dahin hatte er nichts wirklich Schlimmes angestellt.«

»Du meinst, daß man ihm bis dahin nichts nachweisen konnte«, fuhr ihn Shore an. »Jammerschade, daß der Richter Cally nicht wegen Beihilfe zu einem Mord einbuchten konnte, anstatt bloß wegen Beihilfe zur Flucht. Sie ist nach fünfzehn Monaten Haft freigelassen worden. Bill Grassos Witwe schmückt heute abend den Baum ohne ihn.«

Sein Gesicht wurde rot vor Zorn. »Ich geb's jetzt durch. Nur für den Fall, daß dieser Wichser es ernst gemeint hat, müssen wir jemand zu der Kirche schicken. Ist dir klar, wie viele Leute dort heute nacht zur Christmette gehen? Dreimal darfst du raten.«

Cally saß, die Hände um ihre Knie gelegt, mit gesenktem Kopf und geschlossenen Augen auf dem abgewetzten Samtsofa. Sie zitterte am ganzen Leib. Sie war über Tränen und Erschöpfung hinaus. Lieber Gott, lieber Gott, *warum* ist das alles passiert?

Was sollte sie nur machen?

Wenn Brian etwas zustieße, wäre sie dafür verantwortlich. Sie hatte das Portemonnaie seiner Mutter aufgehoben, und deshalb war er ihr gefolgt. Wenn das Kind die Wahrheit gesagt hatte, war sein Dad sehr krank. Sie dachte an die attraktive junge Frau in dem rosafarbenen Mantel und daran, wie überzeugt sie gewesen war, im Leben dieser Frau verliefe alles nach Wunsch.

Ob Jimmy den Jungen wohl laufenläßt, sobald er dort angekommen ist, wo er hinwill? Warum sollte er das tun? fragte sie sich. Wo immer das war, sie würden genau dort nach Jimmy zu suchen anfangen. *Und wenn er ihn tatsächlich freiläßt, dann wird Brian erzählen, wie er mir gefolgt ist, weil ich das Portemonnaie aufgehoben hab,* hielt sie sich vor Augen.

Aber Jimmy hatte gesagt, daß er das Kind erschösse, falls die Polizei ihm auf die Pelle rückte. Und er meinte es ernst, dessen war sie sich sicher. Wenn ich mich also an die Polizei wende, dann hat Brian keine Chance.

Wenn ich jetzt nichts sage und Jimmy ihn dann wirklich freiläßt, kann ich ja wahrheitsgemäß erklären, daß ich nichts gesagt habe, weil er den Kleinen umzubringen drohte, falls die Cops ihm zu nahe kommen, und weil ich wußte, daß er das ernst meinte. Und ich weiß, daß er es tatsächlich ernst meint, dachte Cally. Das ist das Schlimmste an der Sache.

Brians Gesicht tauchte groß in ihrer Vorstellung auf. Das rötlichbraune Haar, das ihm in die Stirn fiel, die großen, intelligenten Augen, die Sommersprossen, die über seine Wangen und Nase verstreut waren. Als

Jimmy ihn zur Tür reinzog, hatte sie ihn auf den ersten Blick für höchstens fünf gehalten; doch angesichts seiner Ausdrucksweise war sie überzeugt, daß er älter war. Er hatte solche Angst, als Jimmy ihn zwang, aus dem Fenster und auf die Feuerleiter zu steigen. Mit flehenden Augen hatte er sich nach ihr umgedreht.

Das Telefon läutete. Es war Aika, die wunderbare Frau, eine Schwarze, die jeden Nachmittag nach Schließung der Kindertagesstätte Gigi zusammen mit ihren Enkelkindern abholte und auf sie aufpaßte.

»Wollte nur sehen, ob du schon zurück bist, Cally«, erklärte Aika mit ihrer vollen, tröstlichen Stimme. »Hast du den Puppenmann wiedergefunden?«

»Leider nicht.«

»Wie schade. Brauchst du noch mehr Zeit, um was zu besorgen?«

»Nein, ich komme jetzt gleich rüber und hol Gigi ab.«

»Nein, laß nur. Sie hat schon mit meiner Bande zu Abend gegessen. Ich brauche noch Milch fürs Frühstück, also muß ich sowieso noch mal weg. Ich bring sie dann ungefähr in einer halben Stunde vorbei.«

»Danke, Aika.« Cally legte den Hörer wieder auf, wobei sie merkte, daß sie noch immer ihren Mantel anhatte und daß die Wohnung bis auf das Licht in der Diele dunkel war. Sie legte den Mantel ab, ging ins Schlafzimmer und machte die Schranktür auf. Sie hielt erschrocken die Luft an, als sie sah, daß Jimmy sich nicht nur Franks Wildlederjacke und seine braune Hose genommen, sondern auch andere Kleidungsstücke zerknautscht auf dem Boden des Schranks liegengelassen hatte: ein Jackett mit Hose und einen verdreckten Mantel.

Sie beugte sich hinunter und hob die Jacke auf. Detective Shore hatte ihr gesagt, Jimmy habe einen Gefängnisaufseher angeschossen und ihm seine Uniform ausgezogen. Offensichtlich war dies die Uniform – und da waren Einschußlöcher in der Jacke.

Voller Panik wickelte Cally das Jackett mit der Hose in den Mantel ein. Angenommen, die Cops tauchten nun mit einem Durchsuchungsbefehl auf! Die würden ihr niemals glauben, daß Jimmy bei ihr eingebrochen war und sie von nichts gewußt hatte. Die wären bestimmt davon überzeugt, sie hätte ihm was zum Anziehen gegeben. Dann mußte sie wieder ins Gefängnis zurück. Und sie würde Gigi endgültig verlieren! Was um alles in der Welt sollte sie nur tun?

Auf der fieberhaften Suche nach einer Lösung ging sie durch den Wandschrank. Die Schachtel auf der oberen Ablage! Sie enthielt das, was sie und Gigi an Sommerkleidung besaßen. Sie zerrte die Schachtel herunter, öffnete sie, zog die Sachen heraus und warf sie auf die Ablage zurück. Sie faltete die Uniform und den Mantel in die Schachtel, machte sie zu, rannte zum Bett und angelte dort nach dem Geschenkpapier, das sie darunter deponiert hatte.

Mit hastig werkelnden Fingern schlug sie die Schachtel in das Papier ein, das mit den klassischen rotweiß gestreiften Zuckerspazierstöcken dekoriert war, und schlang ein Band darum. Dann trug sie das Paket ins Wohnzimmer und legte es unter den Baum. Sie war gerade damit fertig, als sie es an der Tür klingeln hörte. Mit einer glättenden Handbewegung über ihr Haar und einem forcierten Willkommenslächeln für Gigi ging sie zur Wohnungstür.

Detective Shore kam zusammen mit dem anderen Detective, der ihn auch am Morgen begleitet hatte, die Treppe herauf. »Wieder mal zu Spielchen aufgelegt, Cally?« fragte Shore. »Hoffentlich nicht.«

7

Brian saß zusammengekauert auf dem Beifahrersitz, während Jimmy Siddons den East River Drive hinauffuhr. Er hatte sich noch nie zuvor so gefürchtet. Ihm war angst und bange gewesen, als der Mann von ihm verlangte, diese Feuerleiter dort bis zum Dach hinaufzusteigen. Dann war er praktisch von einem Dach zum nächsten geschleppt worden, als sie den ganzen Straßenblock hinter sich brachten, bis sie schließlich durch ein leeres Gebäude wieder nach unten und zu der Straße gelangten, wo das Auto geparkt war.

Der Mann hatte Brian in das Auto geschubst und den Sicherheitsgurt einschnappen lassen. »Denk nur ja daran, mich Daddy zu nennen, falls uns jemand anhält«, hatte er ihm eingeschärft.

Brian wußte, daß der Mann Jimmy hieß. So hatte ihn die Frau genannt. Sie hatte so besorgt wegen Brian ausgesehen. In dem Moment, als Jimmy ihn durch das Fenster zog, hatte sie geweint, und Brian merkte deutlich, welche Angst sie um ihn hatte. Sie wußte, wie seine Eltern hießen. Vielleicht rief sie ja die Polizei an. Falls ja, würden die dann nach ihm Ausschau halten? Aber Jimmy sagte doch, daß er ihn umbringen wolle, falls die Cops kämen. Ob er's wirklich tun würde?

Brian kauerte sich tiefer in den Sitz. Er fürchtete sich und hatte Hunger. Und er mußte aufs Klo, hatte aber Angst, um Erlaubnis zu bitten. Sein einziger Trost war die Medaille, die jetzt vor seiner Jacke auf seiner Brust lag. Sie hatte Grandpa aus dem Krieg heimgebracht. Sie würde Daddy wieder gesund machen. Und sie würde auch ihm helfen, wieder sicher nach Hause zu kommen. Er glaubte fest daran.

Jimmy Siddons warf einen kurzen Blick auf seine kleine Geisel. Zum erstenmal seit seinem Ausbruch aus dem Gefängnis fing er an, sich zu entspannen. Es schneite noch immer, aber falls es nicht schlimmer als das hier wurde, war es kein Anlaß, sich Sorgen zu machen. Cally benachrichtigte bestimmt nicht die Polizei. Da war er seiner Sache sicher. Sie kannte ihn gut genug, um ihm seine Drohung abzunehmen, daß er den Kleinen töten werde, falls ihm die Cops in die Quere kamen.

Ich vegetiere doch nicht für den Rest meines Lebens in diesem elenden Gefängnis dahin, dachte er, und ich gebe denen auch bestimmt nicht die Möglichkeit, mich voll Gift zu pumpen. Entweder ich komme durch, oder eben nicht.

Aber ich *komme* durch. Er lächelte grimmig. Er wußte, daß sie bestimmt eine Großfahndung nach ihm eingeleitet hatten und nun alle Brücken und Tunnel, die aus New York hinausführten, überwachten. Aber sie hatten keinen blassen Schimmer, auf welches Ziel er zusteuerte, und ganz gewiß hielten sie nicht nach einem Vater mit Sohn Ausschau, der in einem Wagen unterwegs war, den man noch nicht als gestohlen gemeldet hatte.

Er hatte all die Geschenke herausgeholt, die er das Ehepaar hatte im Kofferraum verstauen sehen. Jetzt stapelten sie sich auf dem Rücksitz: Päckchen weihnachtlicher Verheißung. Zusammen mit dem Kind vorne bedeuteten diese Geschenke, daß die Kassierer für die Straßengebühren ihm nun gewiß keine weitere Aufmerksamkeit widmen würden, selbst wenn sie in Alarmbereitschaft versetzt worden waren, um nach ihm Ausschau zu halten.

Und in acht oder neun Stunden würde er schon jenseits der Grenze und in Kanada sein, wo Paige bereits auf ihn wartete. Dann brauchte er nur noch einen netten tiefen See zu finden, der die Endstation für dieses Auto und all die netten Geschenke auf dem Rücksitz sein würde.

Und für diesen Knirps mit seiner Medaille vom heiligen Christophorus.

Die ehrfurchtgebietende Macht der Polizeibehörde von New York setzte sich methodisch in Bewegung, als man ein Konzept entwickelte, um sicherzustellen, daß Jimmy Siddons den Beamten nicht durch die Lappen ging, nur für den Fall, daß er in letzter Minute in Panik geriet und entschied, sich doch nicht nach der Christmette zu stellen.

Sobald ihr Abhörgerät Callys Telefonate mit Jimmy und seinem Anwalt aufgezeichnet hatte, hatte Jack Shore die Information durchgegeben. Er hatte seine Vorgesetzten nicht im unklaren darüber gelassen, was er von Siddons' »Entscheidung«, sich zu stellen, hielt.

»Das ist ein ausgemachter Bluff«, hatte er gebellt. »Wir halten ein paar Hundertschaften unserer Leute bis halb zwei oder zwei in der Frühe fest, und der ist schon halb in Kanada oder Mexiko, bevor wir merken, daß er uns alle zu einem Haufen Idioten abgestempelt hat.«

Schließlich hatte der für die Leitung der Großfahndung stellvertretende Polizeichef scharf erklärt: »Schon gut, Jack. Wir *wissen*, was Sie denken. Kommen wir jetzt zur Sache. In der Gegend, wo seine Schwester wohnt, war also nichts von ihm zu sehen?«

»Nein, Sir«, hatte Jack erwidert und den Hörer aufgelegt, und dann war er mit seinem Partner Mort losgegangen, um Cally einen Besuch abzustatten. Als sie zu dem Lieferwagen zurückkamen, meldete sich Shore erneut bei der Einsatzzentrale. »Wir waren gerade wieder in der Wohnung von der Hunter, Sir. Sie weiß genau Bescheid, was ihr blüht, falls sie ihrem Bruder auf irgendeine Weise hilft. Die Babysitterin hat gerade ihr Kind nach Hause gebracht, als wir gingen, und ich gehe davon aus, daß Cally für den Rest des Abends zu Hause bleibt.«

Mort Levy runzelte die Stirn, als er zuhörte, wie sein Partner mit dem stellvertretenden Commissioner sprach. Die Wohnung hatte irgendwie *anders* ausgesehen als vormittags, aber ihm wollte einfach nicht einfallen, was es war. Er ging im Geist noch einmal den Grundriß durch: die enge Eingangsdiele, das Bad, das direkt von ihr abging, die schmale Raumkombination von Küche und Wohnzimmer, das einer Zelle gleichende Schlafzimmer, kaum groß genug für ein Einzelbett, ein Klappbett für das kleine Mädchen und eine Kommode mit drei Schubladen.

Jack hatte Cally gefragt, ob es ihr etwas ausmache, wenn sie sich noch einmal umsehen würden, und sie hatte mit einem Nicken zugestimmt. Ganz ohne Zweifel versteckte sich niemand in der Wohnung. Sie hatten die Tür zum Badezimmer aufgemacht, unter die Betten geschaut, im Schrank herumgestöbert. Wider Willen hatte Levy angesichts der Bemühungen von Cally Hunter, der trostlosen Wohnung etwas Freundlichkeit abzugewinnen, Mitleid empfunden. Alle Wände waren leuchtend gelb gestrichen. Kissen mit Blumenmustern lagen willkürlich aufeinandergetürmt auf dem alten Sofa. Der Weihnachtsbaum war mit Unmengen Lametta und rot-grünen Lichterketten tapfer geschmückt. Ein paar bunt eingewickelte Geschenke waren darunter plaziert.

Geschenke? Mort wußte nicht, weshalb dieses Wort etwas in seinem Unterbewußtsein auslöste. Er dachte eine Weile nach, schüttelte dann den Kopf. Vergiß es, sagte er sich.

Er wünschte, Jack wäre nicht so grob mit Cally Hunter umgesprungen. Es war unschwer zu erkennen, daß sie schreckliche Angst vor ihm hatte. Mort hatte mit ihrem Fall, der mehr als zwei Jahre zuvor verhandelt worden war, nichts zu tun gehabt, doch nach allem, was er darüber gehört hatte, nahm er es Cally ab, daß sie damals ehrlich davon überzeugt gewesen war, ihr mißratener junger Bruder sei in einen Bandenkrieg geraten und die Mitglieder der anderen Gang seien nun hinter ihm her.

Was ist es bloß, woran ich mich bei ihrer Wohnung zu erinnern versuche? fragte sich Mort. *Was war diesmal anders?*

Normalerweise hatten sie um acht Uhr Dienstschluß, aber heute abend gingen er und Jack statt dessen noch aufs Revier zurück. Wie Dutzende ihrer Kollegen würden sie mindestens bis nach Beendigung der Christmette in St. Patrick's Überstunden machen. Vielleicht, nur ganz vielleicht, würde sich ja Siddons dort wie versprochen blicken lassen. Levy wußte, daß Shore darauf brannte, persönlich die Verhaftung durchzuführen. »Ich könnte den Kerl auch erkennen, wenn er eine Nonnentracht anhätte«, sagte er immer und immer wieder.

Ein Klopfen ertönte an der Hintertür des Lieferwagens, was bedeutete, daß ihre Ablösung eingetroffen war. Während Mort aufstand, sich streckte und auf die Straße hinuntertrat, war er froh, daß er Cally Hunter, kurz bevor er ihre Wohnung verließ, seine Visitenkarte zugeschoben und ihr zugeflüstert hatte: »Falls Sie mit irgendwem reden wollen, Mrs. Hunter, ist hier eine Telefonnummer, unter der Sie mich erreichen können.«

8

Die Menschenmenge auf der Fifth Avenue hatte sich weitgehend aufgelöst, obwohl noch einige Interessierte um den Baum am Rockefeller Center herumstanden. Andere standen noch Schlange und warteten darauf, die Schaufensterdekoration von Sak's zu Gesicht zu bekommen, und unablässig strömten Besucher in die St. Patrick's Cathedral hinein und wieder heraus.

Doch als der Wagen, in dem Catherine saß, hinter dem Streifenwagen anhielt, in dem Officer Ortiz und Michael warteten, stellte Catherine fest, daß die meisten der Weihnachtskunden, die allem Anschein nach ihre Einkäufe in letzter Minute erledigt hatten, verschwunden waren.

Sie sind auf dem Weg nach Hause, dachte sie, um die letzten Geschenke einzupacken und sich gegenseitig zu versichern, daß sie nächstes Jahr definitiv nicht an Heiligabend von einem Laden zum nächsten laufen werden.

Alles auf die letzte Minute. Das war bis vor zwölf Jahren ihr eigenes Verhaltensmuster gewesen, als im Verwaltungsbüro des St. Vincent's Hospital ein dort im dritten Jahr tätiger Assistenzarzt, Dr. Thomas Dornan, erschien, zu ihrem Schreibtisch rüberkam und sagte: »Sie sind neu hier, stimmt's?«

Tom, so unbeschwert, doch so gut organisiert. Wenn sie an seiner Stelle krank gewesen wäre, dann hätte Tom nicht ihr ganzes Geld und all ihre Ausweise in sein eigenes, bereits gut gefülltes Portemonnaie gestopft. Er wäre nicht so sorglos damit umgegangen, daß jemand es ihm aus der Tasche hätte fingern oder vom Boden hätte aufheben können.

Das war die Überlegung, die Catherine quälte, als sie die Wagentür aufmachte und die wenigen Schritte zum Streifenwagen durch den wirbelnden Schnee rannte. Brian wäre niemals aus eigenem Antrieb weggelaufen, dessen war sie ganz sicher. Er war so darauf versessen, zu Tom zu kommen, daß er sich nicht mal die Zeit nehmen wollte, den Weihnachtsbaum am Rockefeller Center anzuschauen. Er mußte zu irgendeiner Mission aufgebrochen sein. Falls ihn nicht tatsächlich jemand entführt hatte – und das schien kaum wahrscheinlich –, mußte er die Person gesehen haben, die das Portemonnaie entwendet oder aufgehoben hatte.

Michael saß mit Officer Ortiz vorn im Wagen und trank Limonade. Eine braune Papiertüte mit den Überresten von Ketchup stand vor ihm auf dem Boden. Catherine schob sich neben ihn auf den Vordersitz und strich ihm über das Haar.

»Wie geht's Dad?« fragte er voller Sorge. »Du hast ihm doch nichts wegen Brian gesagt, oder?«

»Nein, natürlich nicht. Ich bin mir sicher, daß wir Brian bald finden, und es gab keinen Grund, ihn zu beunruhigen. Und er macht sich wirklich großartig. Ich hab Dr. Crowley getroffen. Er ist rundum zufrieden mit Dad.« Sie blickte über Michaels Kopf hinweg zu Officer Ortiz hinüber. »Es sind schon fast zwei Stunden«, sagte sie leise.

Er nickte. »Brians Beschreibung wird auch weiterhin jede Stunde an jeden Polizisten und Streifenwagen hier in der Gegend durchgegeben. Mrs. Dornan, Michael und ich haben uns unterhalten. Er ist überzeugt, daß Brian nicht absichtlich davonlaufen würde.«

»Nein, er hat recht. Das würde er nicht tun.«

»Sie haben doch mit den Leuten in Ihrer Nähe gesprochen, als Sie gemerkt haben, daß er nicht mehr da ist?«

»Ja.«

»Und niemand hat mitbekommen, wie ein Kind weggezerrt oder davongetragen wurde?«

»Nein. Ein paar Leute konnten sich erinnern, ihn gesehen zu haben, und dann haben sie ihn plötzlich nicht mehr gesehen.«

»Ich will ganz offen mit Ihnen reden. Ich kenne niemanden unter den einschlägig Vorbestraften, der auch nur den Versuch unternehmen würde, ein Kind auf offener Straße von der Seite seiner Mutter weg zu kidnappen und sich dann seinen Weg durch eine Menschenmenge zu bahnen. Aber Michael hält es für möglich, daß Brian vielleicht hinter jemandem hergerannt sein könnte, den er dabei gesehen hat, wie er Ihr Portemonnaie an sich nahm.«

Catherine nickte. »Ich bin schon auf denselben Gedanken gekommen. Es ist die einzige Antwort, die einen Sinn ergibt.«

»Michael hat mir erzählt, daß Brian sich letztes Jahr

einen Viertkläßler vorgeknöpft hat, der einen seiner Mitschüler rumschubste.«

»Er ist ein tapferer kleiner Kerl«, sagte Catherine. Dann aber wurde ihr die Bedeutung dessen, was der Polizist gesagt hatte, plötzlich bewußt. *Er glaubt, wenn Brian der Person gefolgt ist, die mein Portemonnaie hat, daß er sie vielleicht auch zur Rede gestellt hat.* O Gott, nein!

»Mrs. Dornan, falls es Ihnen recht ist, meine ich, wäre es eine gute Idee, wenn wir versuchen würden, die Medien zur Mitarbeit zu bewegen. Wir könnten vielleicht ein paar der hiesigen Fernsehsender dazu kriegen, Brians Foto zu zeigen, falls Sie eins dabeihaben.«

»Das eine, das ich sonst immer bei mir habe, ist in meinem Portemonnaie«, sagte Catherine mit monotoner Stimme. Bilder von Brian, wie er einem Dieb gegenübertrat, blitzten in ihrer Vorstellung auf. Mein kleiner Junge, dachte sie, würde jemand meinem kleinen Jungen etwas zuleide tun?

Was sagte Michael da gerade? Er sprach mit dem Polizeibeamten.

»Meine Großmutter hat einen Haufen Bilder von uns«, erzählte Michael ihm. Dann blickte er zu seiner Mutter auf. »Überhaupt, Mom, du mußt unbedingt Gran anrufen. Sie macht sich sonst bestimmt Sorgen, wenn wir nicht bald zu Hause sind.«

Der Apfel fällt nicht weit vom Stamm, dachte Catherine. Brian sieht wie Tom aus. Michael denkt so wie er. Sie schloß die Augen, um die Wellen drohender Panik abzuwehren, die sie durchfluteten. Tom. Brian. Warum?

Sie spürte, wie Michael in ihrer Umhängetasche kramte. Er zog das Handy hervor. »Ich wähl schon mal Grans Nummer«, ließ er sie wissen.

9

In ihrer Wohnung an der Siebenundachtzigsten Straße umklammerte Barbara Cavanaugh den Telefonhörer und wollte einfach nicht glauben, was ihre Tochter ihr da erzählte. Aber es gab nichts zu bezweifeln an der schrecklichen Nachricht, die Catherines ruhige, fast emotionslose Stimme soeben mitgeteilt hatte. Brian war vermißt, und das nun schon seit über zwei Stunden.

Es gelang Barbara, ihre Stimme gefaßt klingen zu lassen. »Wo bist du, mein Liebes?«

»Michael und ich sind in einem Streifenwagen an der Ecke Neunundvierzigste und Fifth Avenue. Dort standen wir nämlich gerade, als Brian ... plötzlich einfach nicht mehr neben mir war.«

»Ich bin gleich da.«

»Mom, bring unbedingt die neuesten Fotos mit, die du von Brian hast. Die Polizei will sie an alle Medien verteilen. Und im Radio trete ich in ein paar Minuten auf, damit ich einen Aufruf machen kann. Und, Mom, ruf doch das Stationszimmer im vierten Stock des Krankenhauses an. Sag ihnen, sie sollen unbedingt dafür sorgen, daß Tom nicht den Fernseher in seinem Zimmer anschalten darf. Er hat kein Radio. Wenn er herausfinden würde, daß Brian vermißt ist …« Ihre Stimme verlor sich.

»Ich rufe sofort dort an, Catherine, aber ich hab keine Bilder aus der letzten Zeit hier«, rief Barbara aus. »Alle, die wir letzten Sommer gemacht haben, sind im Haus in Nantucket.« Dann hätte sie sich am liebsten auf die Zunge gebissen. Sie hatte um neue Fotos von den Jungen gebeten und keine erhalten. Gestern erst hatte Catherine ihr gesagt, daß ihr Weihnachtsgeschenk, gerahmte Porträts der beiden, bei dem überstürzten Aufbruch nach New York wegen Toms Operation liegengeblieben waren.

»Ich bringe mit, was ich auftreiben kann«, sagte sie hastig. »Ich bin schon unterwegs.«

Für einen kurzen Augenblick, nachdem sie den Anruf im Krankenhaus erledigt hatte, ließ sich Barbara Cavanaugh in einen Sessel fallen und stützte die Stirn in die Hände. Zuviel, dachte sie, zuviel.

Plagte sie nicht schon immer ein Gefühl, daß alles zu schön war, um wahr zu sein? Catherines Vater war gestorben, als sie zehn gewesen war, und in ihren Augen hatte stets eine Spur von Traurigkeit überdauert, bis sie mit zweiundzwanzig Jahren Tom kennenlernte. Sie waren so glücklich miteinander, wie geschaffen füreinander. Genauso wie Gene und ich vom allerersten Tag an, dachte Barbara.

Kurz eilten ihre Gedanken zurück zu jenem Moment im Jahr 1943, als sie, neunzehn Jahre alt und im zweiten College-Jahr, mit einem gutaussehenden jungen Offizier der Army bekannt gemacht wurde, Leutnant Eugene Cavanaugh. In jenem ersten Moment hatten sie beide gewußt, daß sie füreinander geschaffen waren. Zwei Monate später waren sie verheiratet, doch es dauerte achtzehn Jahre, bis ihr einziges Kind zur Welt kam.

Mit Tom hat meine Tochter dieselbe Art von Beziehung gefunden wie die, mit der ich gesegnet war, dachte Barbara, doch jetzt ... Sie sprang auf. Sie *mußte* zu Catherine. Brian hatte sich *bestimmt* einfach nur verlaufen. Sie waren einfach irgendwie getrennt worden, sagte sie sich. Catherine war stark, aber mittlerweile war sie sicher kurz davor, die Nerven zu verlieren. Oh, lieber Gott, mach, daß ihn jemand findet, betete sie.

Sie eilte durch die Wohnung, riß gerahmte Fotografien von Kaminsimsen und Tischplatten. Vor zehn Jahren war sie vom Beekman Place hierher gezogen. Es war noch immer geräumiger als nötig für sie, mit einem großzügigen Eßzimmer, einer Bibliothek und einer eigenen Zimmerflucht für Gäste. Doch das bedeutete jetzt, daß für Tom und Catherine und die Jungen reichlich Platz war, wenn sie aus Omaha zu Besuch kamen.

Barbara warf die Bilder in die hübsche große Ledertasche, die ihr Tom und Catherine zum Geburtstag geschenkt hatten, griff sich einen Mantel aus dem Wandschrank in der Diele, und ohne sich damit aufzuhalten, die Tür doppelt abzuschließen, eilte sie rasch hinaus, um auf den Liftknopf zu drücken, als der Aufzug von der Penthousewohnung abwärts zu fahren begann.

Sam, der Fahrstuhlführer, war schon seit vielen Jahren im Dienst. Als er die Tür für sie öffnete, wich sein Lächeln einer besorgten Miene. »Guten Abend, Mrs.

Cavanaugh. Fröhliche Weihnachten. Gibt es denn was Neues von Dr. Dornan?«

Da sie Angst hatte zu reden, schüttelte Barbara den Kopf.

»Ihre Enkel sind richtig süß. Der kleine, Brian, hat mir erzählt, Sie hätten seiner Mom etwas gegeben, was seinen Dad wieder gesund macht. Ich hoffe ehrlich, daß es stimmt.«

Barbara versuchte zu sagen: »Ich auch«, merkte aber, daß ihre Lippen nicht imstande waren, die Worte zu formen.

»Mommy, wieso bist du so traurig?« fragte Gigi, während sie es sich auf Callys Schoß bequem machte.

»Ich bin nicht traurig«, erwiderte Cally. »Ich bin immer froh, wenn ich mit dir zusammen bin.«

Gigi schüttelte den Kopf. Sie trug ein rot-weißes Weihnachts-Nachthemd mit Engelsfiguren darauf, die Kerzen in der Hand hielten. Gigis große braune Augen und wellige goldbraune Haare waren ein Vermächtnis von Frank. Je älter sie wird, um so mehr ähnelt sie ihm, dachte Cally, die das Kind unwillkürlich enger an sich zog.

Sie saßen aneinandergeschmiegt auf dem Sofa gegenüber von dem Christbaum. »Ich bin froh, daß du mit mir zu Hause bist, Mommy«, sagte Gigi, und ihre Stimme wurde furchtsam. »Du läßt mich doch nicht mehr allein, oder?«

»Nein. Ich wollte dich auch letztesmal nicht allein lassen, mein Schätzchen.«

»Ich hab dich nicht gern in diesem Haus da besucht.«

Dieses Haus da. Die Frauenstrafanstalt Bedford.

»Ich war auch nicht gerne dort.« Cally versuchte einen sachlichen Tonfall anzuschlagen.

»Kinder sollten eigentlich bei ihrer Mutter bleiben.«

»Ja. Das finde ich auch.«

»Mommy, ist das große Geschenk für mich?« Gigi deutete auf die Schachtel, die die Uniform und den Mantel enthielt, die Jimmy abgelegt hatte.

Callys Lippen wurden trocken. »Nein, mein Schätzchen, das ist ein Geschenk für den Weihnachtsmann. Er möchte auch gern was zu Weihnachten geschenkt kriegen. Und jetzt los, es ist längst Zeit für dich zu schlafen.«

Gigi fing automatisch an zu protestieren: »Ich will aber nicht …«, brach dann jedoch ab. »Kommt denn Weihnachten schneller, wenn ich jetzt ins Bett geh?«

»Hm-hmm. Komm, ich trag dich rüber.«

Nachdem Cally die Decken um Gigi herum festgesteckt und ihr ihre »Bee« gereicht hatte, die ziemlich mitgenommene Babydecke, die der unentbehrliche Schlafgenosse ihrer Tochter war, ging sie ins Wohnzimmer zurück und ließ sich erneut auf das Sofa fallen.

Kinder sollten eigentlich bei ihrer Mutter bleiben … Gigis Worte verfolgten sie. Lieber Gott, wohin nur war Jimmy mit dem kleinen Jungen unterwegs? Was würde er ihm antun? Was sollte sie bloß machen?

Cally starrte auf die Schachtel mit dem Zuckerspazierstock-Papier. *Das ist für den Weihnachtsmann.* Zum Greifen nah tauchte der Inhalt blitzartig in ihrer Erinnerung auf. Die Uniform des Gefängnisaufsehers, auf den Jimmy geschossen hatte, an der Seite und am

Ärmel noch ganz blutverklebt. Der verdreckte Mantel – wer weiß, wo er *den* gefunden oder gestohlen hatte.

Jimmy war *böse*. Er hatte kein Gewissen, kannte kein Mitleid. Mach dir nichts vor, sagte sich Cally erbittert – der zögert bestimmt nicht, diesen kleinen Jungen umzubringen, wenn das seine Fluchtchancen verbessert.

Sie schaltete die lokalen Nachrichten im Radio ein. Es war halb acht. Als erste aktuelle Nachricht wurde gemeldet, daß der Zustand des Gefängniswärters, der auf Riker's Island angeschossen worden war, zwar noch immer kritisch sei, sich inzwischen aber stabilisiert habe. Die Ärzte seien optimistisch, wenn auch mit Vorbehalt, daß er überleben werde.

Wenn er am Leben bleibt, dann muß Jimmy sich nicht auf die Todesstrafe gefaßt machen, überlegte sich Cally. Sie können ihn jetzt nicht mehr wegen des Todes des Polizisten vor drei Jahren hinrichten. Er ist schlau. Er wird es nicht riskieren, den kleinen Jungen zu ermorden, sobald er weiß, daß der Gefängniswärter nicht stirbt. Er läßt ihn sicher frei.

Der Nachrichtensprecher berichtete gerade: »Nun zu den weiteren Nachrichten: Heute am frühen Abend wurde der siebenjährige Brian Dornan von seiner Mutter auf der Fifth Avenue getrennt. Die Familie hält sich in New York auf, weil Brians Vater ...«

Wie angewurzelt stand Cally vor dem Radioapparat und hörte zu, während der Sprecher eine Beschreibung des Jungen folgen ließ und dann erklärte: »Hier ist ein Appell seiner Mutter, die Sie um Ihre Hilfe bittet.«

Als Cally der leisen, dringlich klingenden Stimme von Brians Mutter lauschte, stellte sie sich die junge Frau vor, die das Portemonnaie hatte fallen lassen. Höchstens Anfang Dreißig. Glänzendes dunkles Haar, das ihr gerade bis zum Mantelkragen reichte. Ihr Gesicht hatte sie nur ganz flüchtig mitbekommen, aber Cally war überzeugt, daß sie sehr hübsch war. Hübsch und gut angezogen und in gesicherten Verhältnissen.

Als sie ihr nun zuhörte, wie sie um Unterstützung flehte, legte sich Cally die Hände über die Ohren, stürzte dann zum Radioapparat und schaltete ihn aus. Sie ging auf Zehenspitzen ins Schlafzimmer. Gigi schlief bereits, atmete leise und regelmäßig, die Wange auf die eine Hand gebettet, während die andere die ausgefranste Babydecke an ihr Gesicht drückte.

Cally kniete sich neben ihr hin. Ich kann die Hand ausstrecken und sie berühren, dachte sie. Diese Frau kann ihr Kind nicht anfassen. Was soll ich bloß machen? Aber wenn ich der Polizei Bescheid gebe und Jimmy dann tatsächlich dem kleinen Jungen was tut, dann geben sie mir die Schuld, genauso, wie sie damals behauptet haben, ich wäre an dem Tod des Polizisten schuld.

Vielleicht setzt ihn Jimmy einfach irgendwo aus. Er hat doch *versprochen*, daß er ... Selbst Jimmy würde doch nicht etwa einem kleinen Jungen was antun, oder? Ich warte einfach ab und bete, sagte sie sich.

Aber das Gebet, das sie zu flüstern versuchte – »Bitte, Gott, beschütze den kleinen Brian« –, klang wie Hohn, und sie sprach es nicht zu Ende.

Jimmy war zu dem Schluß gelangt, seine Aussichten

stünden am besten, wenn er über die George Washington Bridge zur Route 4 fuhr, dann über die Route 17 weiter zum New York Thruway. Es war so vielleicht etwas weiter als die Strecke durch die Bronx zur nächsten Brücke, der Tappan Zee, aber all seine Instinkte warnten ihn, New York City auf dem schnellsten Weg zu verlassen. Es war gut, daß die GW an der Ausfahrt keine Mautstelle hatte, wo sie ihn dann möglicherweise angehalten hätten.

Brian schaute zum Fenster hinaus, als sie über die Brücke fuhren. Er wußte, daß sie gerade den Hudson überquerten. Seine Mutter hatte Verwandte, die in New Jersey ganz in der Nähe der Brücke wohnten. Im vorigen Sommer, als er und Michael nach der Rückkehr von Nantucket eine zusätzliche Woche mit Gran verbrachten, hatten sie die Verwandten besucht.

Es waren nette Leute. Sie hatten auch Kinder, die fast genauso alt wie er waren. Schon allein bei dem Gedanken an sie hätte Brian am liebsten losgeheult. Er hätte so gern das Fenster aufgekurbelt und gebrüllt: *»Ich bin hier. Kommt mich holen, bitte!«*

Er hatte schrecklichen Hunger, und er mußte wirklich dringend auf die Toilette. Er blickte ängstlich hoch. »Ich … könnte ich bitte … ich meine, ich muß aufs Klo.« Jetzt, da er es ausgesprochen hatte, hatte er solche Angst, der Mann würde sich weigern anzuhalten, daß seine Lippen zu zittern anfingen. Rasch biß er sich auf die Lippe. Er konnte direkt hören, wie Michael ihn eine Heulsuse nannte. Aber selbst diese Vorstellung machte ihn nur traurig. Er hätte jetzt im Moment nicht mal etwas dagegen gehabt, Michael zu sehen.

»Du mußt mal pinkeln?«

Der Mann schien nicht allzu sauer auf ihn zu sein. Vielleicht würde er ihm ja doch nichts tun. »Mmm-hmm.«

»Okay. Hast du Hunger?«

»Ja, Sir.«

Jimmy begann sich ein wenig sicherer zu fühlen. Sie waren auf der Route 4. Der Verkehr war zähflüssig, ging aber immerhin voran. Niemand hielt nach diesem Wagen Ausschau. Der Typ, der ihn geparkt hatte, saß inzwischen vermutlich im Schlafanzug da und schaute sich zum vierzigsten Mal den Film *Ist das Leben nicht schön?* an. Bis er und seine Frau am nächsten Morgen soweit waren, sich über ihren gestohlenen Toyota zu ereifern, war Jimmy schon längst bei Paige in Kanada. Gott, war er verrückt nach ihr! Er war sich ihrer so sicher wie noch keiner anderen Sache in seinem Leben.

Jimmy wollte noch nicht zum Essen anhalten. Andererseits sollte er sicherheitshalber jetzt lieber den Tank auffüllen. Es war nicht abzusehen, wie lange die Tankstellen am Heiligabend offen haben würden.

»Na schön«, sagte er, »in ein paar Minuten tanken wir, gehn aufs Klo, und ich besorge Kartoffelchips und was zu trinken. Später halten wir dann bei einem McDonald's und holen uns einen Hamburger. Aber vergiß ja nicht, wenn wir zum Tanken anhalten und du versuchst, Aufmerksamkeit zu erregen, dann ...« Er zog die Pistole aus seiner Jacke, richtete sie auf Brian und machte ein klickendes Geräusch. *»Peng«*, sagte er.

Brian blickte weg. Sie waren auf der mittleren Spur der dreispurigen Fahrbahn. Ein Schild mit der Aufschrift *Forest Avenue* zeigte auf die Ausfahrt. Ein Streifenwagen überholte sie, bog dann in den Parkplatz eines Eßlokals ab. »Ich rede mit keinem, versprochen«, brachte er mit Mühe heraus.

»Versprochen, *Daddy*«, fuhr ihn Jimmy an.

Daddy. Unwillkürlich schloß sich Brians Hand um die Christophorus-Medaille. Er würde diese Medaille Daddy bringen, und dann würde Daddy wieder gesund werden. Und dann würde sein Dad diesen Kerl finden, diesen Jimmy, und ihn verhauen, weil er so gemein zu seinem Kind gewesen war. Während seine Finger den Reliefumrissen der hoch aufragenden Gestalt mit dem Christuskind auf der Schulter nachspürte, sagte er mit klarer Stimme: »Ich versprech's, *Daddy.*«

10

Im Gebäude der One Police Plaza im Süden Manhattans, der Einsatzzentrale für die Jagd auf Jimmy Siddons, war die eskalierende Spannung deutlich zu erkennen. Alle dort waren sich vollkommen im klaren, daß Siddons nicht vor einem weiteren Mord zurückschrecken würde, wenn es darum ging, seine Flucht abzusichern. Sie wußten auch, daß er im Besitz der Waffe war, die man zu ihm hineingeschmuggelt hatte.

»Bewaffnet und gefährlich« war die Unterschrift unter seinem Foto auf den Flugblättern, die in der ganzen Stadt verteilt wurden.

»Letztesmal haben wir zweitausend nutzlose Hinweise bekommen, sind jedem einzelnen davon nachgegangen, und geschnappt haben wir ihn letzten Sommer einzig und allein deswegen, weil er doof genug war, eine Tankstelle in Michigan zu überfallen, während sich ein Cop dort aufhielt«, brummte Jack Shore zu Mort Levy, während er voller Abscheu ein Team von Beamten dabei beobachtete, wie sie die Flut von Anrufen auf der Sonderleitung entgegennahmen.

Levy nickte geistesabwesend. »Irgendwas Neues über Siddons' Freundin?« fragte er Shore.

Eine Stunde zuvor hatte einer der Häftlinge in Siddons' Zellentrakt einem Wärter erzählt, vorigen Monat habe Siddons mit einer Freundin namens Paige geprahlt, die, wie er sagte, eine Striptease-Tänzerin von Weltklasse sei.

Man versuchte gerade, sie in New York aufzuspüren, doch auf die Eingebung hin, daß Siddons sie vielleicht in Michigan kennengelernt hatte, war Shore mit den dortigen Behörden in Kontakt getreten.

»Nein, nichts bisher. Wahrscheinlich wieder nur eine Sackgasse.«

»Anruf für Sie aus Detroit, Jack«, dröhnte eine Stimme über das Getöse im Raum hinweg. Beide Männer drehten sich ruckartig um. In zwei Riesenschritten war Shore an seinem Schreibtisch und hatte schon das Telefon in der Hand.

Sein Gesprächspartner vergeudete keine Zeit. »Stan Logan, Jack. Wir haben uns getroffen, als Sie letztes Jahr zu uns rüberkamen, um Siddons einzusammeln. Ich hab vielleicht was Interessantes für Sie.«

»Spucken Sie's aus.«

»Wir konnten bisher nicht rausfinden, wo sich Siddons versteckt hielt, bevor er den Überfall hier durchzuziehen versuchte. Der Hinweis auf Paige ist vielleicht die Antwort. Wir haben hier was im Strafregister über eine Paige Laronde, die sich als exotische Tänzerin bezeichnet. Sie hat vor zwei Tagen die Stadt verlassen. Hat einer Freundin erzählt, sie wisse nicht, ob sie wieder zurückkommt, und sie habe vor, sich mit ihrem Freund zusammenzutun.«

»Hat sie gesagt, wo sie hinwill?« fragte Shore nur knapp nach.

»Sie hat gesagt, nach Kalifornien, und von dort nach Mexiko.«

»Kalifornien und Mexiko! Verflucht, wenn er's bis nach Mexiko schafft, dann kriegen wir ihn vielleicht nie.«

»Unsre Leute überprüfen die Bahnhöfe und Bushaltestellen sowie die Flughäfen, um zu sehen, ob wir ihre Spur aufnehmen können. Wir halten Sie weiter auf dem laufenden«, versprach Logan, fügte dann noch hinzu: »Wir faxen gleich ihre Daten und ihre PR-Fotos rüber. Zeigen Sie die nicht Ihren Kindern.«

Shore knallte den Hörer auf. »Wenn Siddons es geschafft hat, heute früh aus New York rauszukommen, könnte er jetzt in diesem Moment schon in Kalifornien oder vielleicht sogar in Mexiko sein.«

»Es dürfte ziemlich haarig sein, am Heiligabend auf die letzte Minute noch ein Flugticket aufzutreiben«, gab Levy vorsichtig zu bedenken.

»Hör mal, jemand hat ihm eine Pistole verschafft. Derselbe Jemand hatte vielleicht auch schon Klamotten und Bargeld und ein Flugticket für ihn bereitliegen. Hat's wahrscheinlich geschafft, ihn zu einem Flugplatz in Philadelphia oder Boston zu schaffen, wo keiner nach ihm sucht. Ich geh davon aus, daß er sich inzwischen schon mit seiner Freundin getroffen hat und daß die beiden in Richtung Süden jenseits der Grenze unterwegs sind, wenn sie nicht bereits Enchiladas essen. Und ich behaupte nach wie vor, daß auf die eine oder andere Weise Siddons' Schwester darin verwickelt ist.«

Mit gerunzelter Stirn beobachtete Mort Levy, wie Jack Shore zum Nachrichtenraum hinüberging, um auf die Faxe aus Detroit zu warten. Der nächste Schritt war dann, Bilder von Siddons und seiner Freundin an die Grenzschutzleute in Tijuana weiterzuleiten und sie dazu aufzufordern, nach ihnen Ausschau zu halten.

Aber wir müssen trotzdem heute nacht die Kirche im Auge behalten, auf die Chance von eins zu einer Million hin, daß Jimmys Angebot, sich zu stellen, ernst gemeint war, dachte Mort. Irgendwie kam ihm keine der beiden Möglichkeiten so recht überzeugend vor – Mexiko nicht, und genausowenig die Kapitulation. Ob diese Paige wohl gerissen genug war, ihre Freundin anzulügen, für den Fall, daß die Cops auftauchten und sich nach ihr erkundigten?

Soeben wurden der Kaffee und die Sandwiches gebracht, die sie bestellt hatten. Mort ging hinüber, um sein Roggenbrot mit Schinken zu holen. Zwei der weiblichen Polizeibeamten unterhielten sich miteinander.

Er hörte, wie eine der beiden, Lori Martini, sagte: »Immer noch kein Lebenszeichen von diesem vermißten Jungen. Den hat garantiert irgend so ein Verrückter aufgegriffen.«

»Was für ein vermißter Junge?« fragte Levy.

Ernst ließ er sich die Einzelheiten berichten. Es war einer jener besonderen Fälle, die keiner in der ganzen Polizeibehörde bearbeiten konnte, ohne emotional Anteil zu nehmen. Mort hatte einen siebenjährigen Sohn. Er wußte, was dieser Mutter durch den Kopf gehen mußte. Und der Vater so krank, daß man ihn nicht mal darüber informiert hatte, daß sein Sohn vermißt war. Und all das zur Weihnachtszeit. Mein Gott, manche Leute trifft es wirklich knüppeldick, dachte er bei sich.

»Anruf für Sie, Mort«, brüllte eine Stimme durch das Zimmer.

Mit seinem Kaffee und dem Sandwich in der Hand kehrte Mort an seinen Schreibtisch zurück. »Wer ist dran?« fragte er, als er den Hörer in die Hand nahm.

»Eine Frau. Sie hat ihren Namen nicht genannt.«

Während Mort sich den Hörer ans Ohr legte, sagte er: »Detective Levy.«

Er vernahm das Geräusch angstvollen Atmens. Und dann ein schwaches Klicken, als die Leitung unterbrochen wurde.

WCBS-Reporter Alan Graham kam auf den Streifenwagen zu, in dem er Catherine Dornan eine Stunde vorher befragt hatte, als er über den letzten Stand der Dinge berichtete.

Es war halb neun, und das periodische Schneegestöber hatte sich wieder in ein gleichmäßiges Treiben großer weißer Flocken verwandelt.

Über seinen Ohrhörer vernahm Graham, wie der Moderator das Neueste über den entflohenen Strafgefangenen berichtete. »Der Zustand von Mario Bonardi, dem verwundeten Gefängniswärter, ist noch äußerst ernst. Bürgermeister Giuliani und Polizeichef Bratton haben zum zweitenmal dem Krankenhaus einen Besuch abgestattet, wo er nach einer heiklen Operation auf der Intensivstation liegt. Letzte Berichte lassen darauf schließen, daß die Polizei einem Hinweis nachgeht, demzufolge der Täter, der des Mordes verdächtige Jimmy Siddons, sich möglicherweise mit einer Freundin in Kalifornien trifft, um von dort aus Mexiko zu erreichen. Der Grenzschutz in Tijuana ist alarmiert worden.«

Einer der Journalisten hatte den Tip erhalten, daß Jimmys Anwalt behauptete, Siddons wolle sich nach der Christmette in St. Patrick's der Polizei stellen. Alan Graham war froh, daß man entschieden hatte, diese Geschichte nicht im Radio zu bringen. Keiner der Verantwortlichen bei der Polizei schenkte ihr wirklich Glauben, und sie wollten die Kirchenbesucher nicht durch das Gerücht aufschrecken.

Jetzt gab es nur noch wenige Fußgänger auf der Fifth Avenue. Graham kam in den Sinn, daß es fast etwas Obszönes an sich hatte, welche Hauptnachrichten sie ausgerechnet heute, am Heiligabend, brachten: Da waren ein entflohener Polizistenmörder; ein Gefängniswärter, der um sein Leben rang; ein vermißter siebenjähriger Junge, bei dem man nun annehmen mußte, daß er das Opfer einer Straftat war.

Er klopfte an das Seitenfenster des Streifenwagens. Catherine blickte hoch und kurbelte das Fenster halb herunter. Als er sie ansah, fragte er sich, wie lange sie wohl noch in der Lage wäre, ihre bemerkenswerte Fassung zu wahren. Sie saß auf dem Beifahrersitz neben Officer Ortiz. Auf dem Rücksitz saß ihr Sohn Michael, zusammen mit einer gutaussehenden älteren Frau, die den Arm um ihn gelegt hatte.

Catherine beantwortete seine Frage, bevor er sie aussprechen konnte: »Ich warte noch«, erklärte sie leise. »Officer Ortiz ist so freundlich, die ganze Zeit bei mir zu bleiben. Ich weiß nicht, wieso, aber ich hab das Gefühl, als ob ich Brian irgendwie genau hier finde.« Sie wandte sich ein wenig zur Seite. »Mom, das ist Alan Graham vom WCBS. Er hat ein Interview mit mir gemacht, gleich nachdem ich mit dir gesprochen hatte.«

Barbara Cavanaugh sah die Anteilnahme in der Miene des jungen Reporters. Obwohl ihr bewußt war, daß sie es schon erfahren hätten, falls es etwas Neues gäbe, konnte sie sich doch der Frage nicht enthalten: »Irgendwelche Neuigkeiten?«

»Nein, Ma'am. Wir haben jede Menge Anrufe im Sender bekommen, aber die galten alle dem Ausdruck des Mitgefühls.«

»Er ist verschwunden«, sagte Catherine mit tonloser Stimme. »Obwohl Tom und ich die Jungs dazu erzogen haben, grundsätzlich anderen Menschen zu vertrauen, so wissen sie doch, wie sie sich im Notfall verhalten müssen. Brian wußte, daß er sich an einen Polizisten wenden muß, falls er sich verlaufen hat. Er kannte die Notrufnummer. Jemand hat ihn verschleppt. Wer würde denn einen Siebenjährigen ergreifen und festhalten, wenn nicht ... ?«

»Catherine, mein Liebes, quäl dich doch nicht so«, sagte ihre Mutter eindringlich. »Alle, die dich im Radio gehört haben, beten für Brian. Du mußt Vertrauen haben.«

Catherine spürte, wie Frustration und Zorn in ihr aufstiegen. Ja, sicher sollte sie wohl »Vertrauen« haben. Ganz ohne Zweifel hatte Brian Vertrauen – er glaubte an diese Christophorus-Medaille, vermutlich genug, um dieser Person zu folgen, die mein Portemonnaie eingesteckt hat. Er wußte, daß die Medaille darin war, nahm sie an, und fand daher, daß er sie zurückholen mußte. Sie schaute nach hinten zu ihrer Mutter und auf Michael, der neben ihr saß. Sie merkte, wie ihr Zorn jetzt verebbte. Ihre Mutter war nicht schuld daran, daß es zu all dem gekommen war. Nein, Vertrauen – selbst in etwas so Fragwürdiges wie eine Christophorus-Medaille – war eine gute Sache.

»Du hast recht, Mom«, sagte sie.

Über den Knopf in seinem Ohr hörte Graham jetzt den Nachrichtensprecher sagen: »Ich übergebe an Sie, Alan.«

Er trat von dem Wagen zurück und begann: »Brian Dornans Mutter hält noch immer an derselben Stelle Wache, wo ihr Sohn kurz nach siebzehn Uhr spurlos verschwand. Die Behörden nehmen Catherine Dornans Erklärung ernst, daß Brian vermutlich gesehen hat, wie jemand ihre Brieftasche an sich nahm, und dieser Person gefolgt ist. Das Portemonnaie enthielt eine Christophorus-Medaille, und Brian war sehnlichst darauf bedacht, sie seinem Vater ans Krankenhausbett zu bringen.«

Graham reichte das Mikrophon an Catherine weiter. »Brian glaubt daran, daß die Medaille seinem Vater hilft, wieder gesund zu werden. Wenn ich Brians Glauben gehabt hätte, hätte ich besser auf mein Portemonnaie aufgepaßt, weil die Christophorus-Medaille darin war. Ich möchte, daß mein Mann wieder gesund wird. Ich will mein Kind zurück«, sagte sie trotz aller Erregung mit gefaßter Stimme. »In Gottes Namen, wenn irgend jemand weiß, was mit Brian geschehen ist, wer ihn hat oder wo er ist, bitte, *bitte* rufen Sie uns an.«

Graham trat vom Streifenwagen zurück. »Falls irgend jemand, der irgend etwas darüber weiß, wo Brian sich derzeit aufhält, von dem Schmerz dieser jungen Mutter hört, so bitten wir ihn inständig, folgende Nummer anzurufen: 212-555-0748.«

11

Callys Augen füllten sich mit Tränen, und ihre Lippen bebten, als sie das Radio abstellte. *Wenn irgend jemand weiß, was mit Brian geschehen ist ...*

Ich hab's *versucht*, sagte sie sich aufgebracht. Ich hab's versucht. Sie hatte Detective Levys Telefonnummer gewählt, doch als sie dann seine Stimme hörte, überwältigte sie das Ausmaß dessen, was sie im Begriff war zu tun. Sie würden sie verhaften. Sie würden ihr Gigi wieder wegnehmen und sie in eine neue Pflegefamilie stecken. *Falls irgend jemand, der irgend etwas darüber weiß, wo Brian sich derzeit aufhält ...*

Sie griff nach dem Telefon.

Aus dem Schlafzimmer hörte sie einen Aufschrei und fuhr herum. Gigi hatte wieder mal einen Alptraum. Sie stürzte hinüber, setzte sich ans Bett, nahm ihr Kind in die Arme und begann sie hin und her zu wiegen. »Schsch, ist schon gut, alles ist gut.«

Gigi klammerte sich an sie. »Mommy, Mommy. Ich hab geträumt, daß du wieder fort bist. Bitte geh nicht weg, Mommy. Bitte laß mich nicht allein. Ich will nie, nie mehr bei andern Leuten sein.«

»Das passiert auch nicht, mein Schätzchen, ich versprech's dir.«

Sie konnte spüren, wie Gigi sich wieder entspannte. Sanft legte sie die Kleine auf das Kissen zurück und strich ihr über das Haar. »So, und jetzt schlaf wieder ein, mein Engel.«

Gigi schloß die Augen, schlug sie dann noch einmal auf. »Kann ich zuschaun, wie der Weihnachtsmann sein Geschenk aufmacht?« murmelte sie.

Jimmy Siddons stellte das Radio etwas leiser. »Deine Mom flippt ganz schön aus wegen dir, Kleiner.«

Brian konnte sich nur mit Mühe davon abhalten, die Hand zum Armaturenbrett auszustrecken und das Radio anzufassen. Mom klang so besorgt. Er mußte unbedingt zu ihr zurück. Jetzt glaubte sie also auch an die Christophorus-Medaille. Davon war er überzeugt.

Es gab eine Menge Autos auf dem Highway, und obwohl es jetzt richtig stark schneite, fuhren sie alle ziemlich schnell. Aber Jimmy war in der rechten Außenspur, also kamen auf dieser Seite keine Autos vorbei. Brian überlegte.

Wenn es ihm gelang, die Wagentür wirklich schnell aufzustoßen und auf die Straße zu rollen, dann konnte er immer weiter zum Straßenrand rollen. Auf diese Weise würde ihn keiner überfahren. Er umschloß kurz die Medaille, und dann bewegte sich seine Hand langsam auf den Türgriff zu. Als er ganz schwach daran zog, bewegte der Griff sich ein wenig. Er hatte recht. Jimmy hatte die Tür nicht verriegelt, nachdem sie zum Tanken eine Pause eingelegt hatten.

Brian wollte gerade die Tür aufreißen, als ihm der Sicherheitsgurt einfiel. Er mußte ihn genau in dem

Moment lösen, wenn die Tür aufschwang. Vorsichtig, damit Jimmy nichts merkte, legte er den Zeigefinger seiner linken Hand auf den Knopf zum Öffnen des Gurts.

Gerade, als Brian kurz davor war, am Türgriff zu ziehen und den Knopf zu drücken, fluchte Jimmy los. Ein Wagen, der unkontrolliert hin und her schlingerte, näherte sich von links hinten. Eine Sekunde später war er so nahe, daß er den Toyota fast berührte. Dann scherte er direkt vor ihnen ein. Jimmy trat heftig auf die Bremse. Der Wagen geriet ins Rutschen und legte sich schief, während ringsum das Geräusch von aufeinanderkrachendem Metall ertönte. Brian hielt die Luft an. Fahr auf einen andern drauf, bettelte er, *bau einen Unfall!* Denn dann half ihm bestimmt jemand.

Doch Jimmy brachte das Auto wieder unter Kontrolle und fuhr um die anderen Wagen herum. Direkt vor ihnen konnte Brian Sirenengeheul hören und das Gleißen blinkender Lichter rund um einen anderen Unfall sehen, den sie ebenfalls schnell hinter sich ließen.

Jimmy grinste in wilder Befriedigung. »Ganz schön Glück gehabt, was, Kleiner?« fragte er Brian mit einem Blick zu ihm hinunter.

In seiner Angst hielt Brian noch immer den Türgriff umklammert.

»Du hast doch nicht etwa dran gedacht, rauszuspringen, wenn wir da vorhin hängengeblieben wären, sag mal?« fragte Jimmy. Er betätigte sicherheitshalber die Zentralverriegelung für die Wagentüren. »Laß bloß deine Hand von dort weg. Wenn ich dich noch mal den Griff anfassen sehe, brech ich dir die Finger«, sagte er ruhig.

Brian hatte nicht den geringsten Zweifel, daß er genau das tun würde.

12

Es war fünf nach zehn. Mort Levy saß an seinem Schreibtisch, tief in Gedanken versunken. Er hatte nur eine einzige Erklärung für den unterbrochenen Anruf: Cally Hunter. Das Abhörgerät in dem Lieferwagen gegenüber von Callys Mietshaus bestätigte, daß sie seine Nummer angewählt hatte. Die Männer, die dort Dienst taten, boten an, zu ihr hochzugehen und mit ihr zu reden, falls Mort das wünsche. »Nein. Laßt sie in Ruhe«, ordnete er an. Er wußte, es würde zu nichts führen. Sie hätte dann lediglich dasselbe wiederholt, was sie ihnen schon vorher gesagt hatte. Aber sie weiß etwas, und sie hat Angst, darüber zu reden, dachte er. Er hatte zweimal versucht, sie telefonisch zu erreichen, aber sie war nicht an den Apparat gegangen. Er wußte jedoch, daß sie da war. Die Beamten in dem Lieferwagen hätten ihnen Bescheid gegeben, wenn sie ihre Wohnung verlassen hätte. Weshalb also nahm sie nicht den Hörer ab? Sollte er vielleicht selbst hinübergehen und mit ihr reden? Würde das irgendwas bringen?

»Was ist denn los mit dir?« fragte Jack Shore ungeduldig. »Kannst du nicht mehr hören?«

Mort blickte auf. Der wohlbeleibte dienstältere Detective stand über ihm und schaute finster auf ihn herunter. Kein Wunder, daß Cally Angst vor dir hat, dachte Mort bei der Erinnerung an die Furcht in ihren Augen, als sie sich mit Jacks Zorn und offener Feindseligkeit konfrontiert sah.

»Ich denke nach«, erwiderte Mort kurz angebunden und widerstand dem Impuls, Shore vorzuschlagen, es auch mal damit zu versuchen.

»Dann denk mit uns andern zusammen nach. Wir müssen den Schlachtplan durchgehen, wie wir uns bei der Kirche postieren.« Dann hellte sich Shores düstere Miene etwas auf. »Mort, warum legst du nicht mal 'ne Pause ein?«

Er ist nicht so schlimm, wie er sich gern den Anschein gibt, dachte Mort. »Ich sehe nicht, daß du mal 'ne Pause einlegst, Jack«, antwortete er.

»Das liegt einfach daran, daß ich Siddons mehr hasse als du.«

Mort erhob sich langsam. In Gedanken war er noch immer bei der nicht greifbaren Erinnerung an einen wichtigen Anhaltspunkt, der übersehen worden war, irgend etwas, was ganz bestimmt da war, direkt vor seinen Augen, was er jedoch einfach nicht zu sehen vermochte. Sie hatten Cally Hunter morgens um Viertel nach sieben besucht. Sie war bereits für die Arbeit fertig angezogen gewesen. Sie hatten sie erneut fast zwölf Stunden später aufgesucht. Sie sah erschöpft und verzweifelt besorgt aus. Mittlerweile lag sie vermutlich im Bett und schlief. Doch jeder Nerv in seinem Körper riet ihm dazu, mit ihr zu sprechen. Trotz ihres Leugnens war er überzeugt davon, daß sie den Schlüssel zu dem Fall in der Hand hielt.

Gerade als er sich von seinem Schreibtisch abwandte, begann das Telefon zu läuten. Als er an den Apparat ging, hörte er wiederum das verängstigte Atmen. Diesmal ergriff er die Initiative. »Cally«, sagte Mort drängend. »Cally, *reden* Sie mit mir! Haben Sie keine Angst. Was es auch ist, ich will versuchen, Ihnen zu helfen.«

Cally konnte nicht mal daran denken, ins Bett zu gehen. Sie hatte dem Nachrichtensender im Radio zugehört und dabei gehofft, aber auch gleichzeitig befürchtet, daß die Cops Jimmy gefunden hatten, und darum gebetet, der kleine Brian möge in Sicherheit sein.

Um zehn Uhr hatte sie den Fernseher angestellt, um die Lokalnachrichten von Fox anzuschauen, dann wurde ihr schwer ums Herz. Brians Mutter saß neben dem Moderator, Tony Potts. Ihre Haare erschienen jetzt ein wenig aufgelöst, so als hätte sie sich draußen in Wind und Schnee aufgehalten. Ihr Gesicht war sehr blaß, und in ihren Augen stand der Schmerz geschrieben. Neben ihr saß ein Junge, der zehn oder elf Jahre alt zu sein schien.

Der Moderator sagte gerade: »Sie haben vielleicht Catherine Dornans Appelle um Hilfe bei der Suche nach ihrem Sohn Brian gehört. Wir haben sie und Brians Bruder Michael aufgefordert, zu uns ins Studio zu kommen. Heute nachmittag um kurz nach fünf Uhr standen eine Menge Leute an der Ecke Fifth Avenue und Neunundvierzigste Straße. Vielleicht waren Sie unter ihnen. Vielleicht haben Sie Catherine mit ihren beiden Söhnen Michael und Brian bemerkt. Sie standen in einer Gruppe, die einem Geiger zuhörte, der Weihnachtslieder spielte, und dabei mitsang. Der siebenjährige Brian, der direkt neben seiner Mutter stand, ist plötzlich verschwunden. Seine Mutter und sein Bruder brauchen Ihre Hilfe, um ihn wiederzufinden.«

Der Moderator wandte sich an Catherine. »Sie halten ein Bild von Brian in der Hand.«

Cally beobachtete, wie das Foto hochgehalten wurde, und hörte Brians Mutter sagen: »Es ist nicht sehr scharf, deshalb möchte ich Ihnen noch ein paar Dinge über ihn erzählen. Er ist sieben, sieht aber jünger aus, weil er klein ist. Er hat dunkle, rotbraune Haare und blaue Augen und Sommersprossen auf der Nase ...« Ihre Stimme ließ sie im Stich.

Cally schloß die Augen. Sie konnte es nicht ertragen, den krassen Schmerz in Catherine Dornans Miene anzusehen.

Michael legte seine Hand auf die seiner Mutter. »Mein Bruder hat einen dunkelblauen Skianorak an, der genauso wie meiner ist, bloß daß meiner grün ist, und eine rote Mütze. Und einer von seinen Vorderzähnen fehlt.« Dann brach es aus ihm heraus: »Wir müssen ihn wiederkriegen. Wir können meinem Dad nicht sagen, daß Brian verschwunden ist. Dad ist zu krank und darf sich nicht aufregen.« Michaels Stimme wurde nun noch dringlicher. »Ich kenne meinen Dad. Der würde versuchen, was zu unternehmen. Er würde einfach aufstehen und anfangen, nach Brian zu suchen, und das dürfen wir nicht zulassen. Er ist krank, richtig schlimm krank.«

Cally schaltete den Fernsehapparat aus. Sie schlich auf Zehenspitzen ins Schlafzimmer, wo Gigi endlich friedlich schlummerte, und ging zu dem Fenster hinüber, das zur Feuerleiter führte. Sie konnte noch immer Brians Augen in dem Moment vor sich sehen, als er sich noch einmal umschaute und sie anflehte, ihm zu helfen, während die eine seiner Hände in Jimmys Griff steckte und die andere die Christophorus-Medaille umklammerte, als würde sie ihn irgendwie retten. Diese Medaille, dachte sie. Er hatte sich gar nichts aus dem Geld gemacht. Er war ihr nachgelaufen, weil er daran glaubte, daß diese Medaille seinen Vater wieder gesund machen würde.

Cally rannte die wenigen Schritte ins Wohnzimmer zurück und griff sich Mort Levys Visitenkarte.

Als er sich meldete, wurde sie fast wieder wankend in ihrem Entschluß, doch seine Stimme klang dann so freundlich, als er erklärte: »Cally, *reden* Sie mit mir. Haben Sie keine Angst.«

»Mr. Levy«, platzte es aus ihr heraus, »können Sie ganz schnell rüberkommen? Ich *muß* einfach mit Ihnen über Jimmy reden – und diesen kleinen Jungen, der vermißt ist.«

13

Alles, was von dem Imbiß übriggeblieben war, den Jimmy besorgt hatte, als sie zum Tanken angehalten hatten, waren die leeren Coca-Cola-Dosen und die zerknüllten Tüten, in denen die Kartoffelchips gewesen waren. Jimmy hatte seine auf den Boden vor Brian geworfen, während Brian seine Tüte in den Abfallbehälter aus Plastik gesteckt hatte, der unter dem Armaturenbrett befestigt war. Er wußte nicht einmal mehr, wie die Chips eigentlich geschmeckt hatten. Er war so hungrig, daß er trotz seiner Angst an nichts anderes denken konnte als an seinen Hunger.

Er wußte, daß Jimmy wirklich wütend auf ihn war. Und schon seit dem Zeitpunkt, als sie beinahe in den Unfall verwickelt worden wären und Jimmy gemerkt hatte, daß er aus dem Auto hatte springen wollen, schien der Mann ausgesprochen nervös zu sein. Er lockerte und verkrampfte ständig seine Finger um das Steuerrad und machte dabei ein unheimliches knackendes Geräusch. Als er es das erstemal tat, war Brian zurückgefahren und heftig zusammengezuckt, und Jimmy hatte ihn an der Schulter gepackt und angeschnauzt, er solle ja der Tür nicht mehr zu nahe kommen.

Der Schnee fiel jetzt dichter. Vor ihnen bremste jemand. Das Auto drehte sich im Kreis und fuhr dann weiter. Brian begriff, daß es nur deswegen nicht in einen anderen Wagen gekracht war, weil sich alle Fahrer auf der Straße Mühe gaben, einen sicheren Abstand von den übrigen Autos zu halten.

Jimmy fing aber trotzdem an zu fluchen, hintereinander weg brummte er lauter Wörter vor sich hin, die Brian zum größten Teil noch nie gehört hatte, nicht einmal von Skeet, dem Jungen in seiner Klasse, der all die guten Schimpfwörter kannte.

Das sich im Kreis drehende Auto bekräftigte Jimmys wachsendes Unbehagen, daß doch noch jeden Moment etwas schiefgehen konnte, so kurz er auch davor war, die Landesgrenze hinter sich zu bringen. Es klang nicht danach, als ob dieser Gefängniswärter, den er angeschossen hatte, es packen würde. Wenn der Typ starb ... Jimmy war es ernst damit gewesen, als er zu Cally gesagt hatte, sie würden ihn nicht lebend in die Finger kriegen.

Dann versuchte Jimmy, sich zu beruhigen. Er hatte einen Wagen, den vermutlich noch niemand vermißte. Er hatte anständige Sachen an und Geld dabei. Wenn sie da vorhin steckengeblieben wären, als dieser Idiot den Unfall verursachte, dann hätte der Kleine es vielleicht geschafft, aus dem Wagen zu springen. Und wäre dieser Trottel, der sich eben um sich selbst gedreht hat, in den Toyota reingefahren, dann wäre ich womöglich verletzt worden, überlegte Jimmy. Allein wär's mir vielleicht gelungen, mich aus der Sache rauszuwinden, aber nicht mit diesem Knirps im Wagen. Andererseits aber wußte ja keiner, daß er den Jungen hatte, und nie und nimmer würde ein Cop nach einem Kerl in einem ansehnlichen Wagen Ausschau halten, mit einem Haufen Spielsachen auf dem Rücksitz und einem kleinen Jungen neben sich.

Sie waren jetzt in der Nähe von Syracuse. In drei oder vier Stunden würde er auf der anderen Seite der Grenze bei Paige sein.

Rechts tauchte ein McDonald's-Schild auf. Jimmy hatte Hunger, und das hier war eine gute Stelle, um etwas zu essen einzufahren. Das mußte dann bis Kanada vorhalten. Er würde einfach bei dem Drive-In-Fenster anhalten, für sie beide was bestellen und dann schleunigst wieder auf die Straße zurückkehren.

»Was ist dein Lieblingsessen, Kleiner?« fragte er in einem fast freundlichen Tonfall.

Brian hatte das McDonald's-Schild auch entdeckt und hielt die Luft an vor lauter Hoffnung, das habe zu bedeuten, daß sie nun etwas zu essen bekamen. »Ein Hamburger und Pommes frites und 'ne Cola«, sagte er scheu.

»Wenn ich bei McDonald's anhalte, kannst du dann so tun, als ob du schläfst?«

»Ja, ganz bestimmt.«

»Dann tu's. Lehn dich mit geschlossenen Augen an mich.«

»Okay.« Folgsam ließ sich Brian gegen Jimmy sacken und machte die Augen zu. Er versuchte, sich nicht anmerken zu lassen, wieviel Angst er hatte.

»Dann wollen wir mal sehn, was für ein Schauspieler du bist«, sagte Jimmy. »Und gib dir bloß Mühe!«

Die Christophorus-Medaille war zur Seite gerutscht. Brian legte sie sich schnell wieder so zurecht, daß er sie spüren konnte, wie sie schwer und tröstlich auf seiner kleinen Brust lag.

Es war zum Fürchten, diesem Kerl so nahe zu sein, nicht so, wie wenn er bei einer Fahrt mit Dad schläfrig war und sich an ihn kuschelte und fühlte, wie Dads Hand ihm die Schulter tätschelte.

Jimmy fuhr vom Highway ab. Sie mußten sich bei dem Drive-In-Fenster hinter anderen Wagen einreihen. Jimmy erstarrte, als er einen State Trooper hinter ihnen aufschließen sah, hatte aber keine andere Wahl, als zu bleiben, wo er war, und keine Aufmerksamkeit auf sich zu ziehen. Als sie an die Reihe kamen und er seine Bestellung aufgab und bezahlte, warf die Angestellte nicht mal einen Blick in den Wagen. Am Ausgabeschalter jedoch schaute die Frau über ihre Theke hinweg auf die Stelle, wo das Licht aus dem Raum hinter ihr auf Brian fiel.

»Na, er kann es sicher kaum erwarten, zu sehen, was der Weihnachtsmann ihm für Geschenke bringt, richtig?«

Jimmy nickte steif und versuchte, zustimmend zu lächeln, während er die linke Hand nach der Tüte ausstreckte, in die sie die bestellten Sachen gepackt hatte.

Sie beugte sich weit vor und spähte in den Wagen. »Du meine Güte, trägt er da eine Christophorus-Medaille? Mein Dad ist nach ihm getauft und hat früher immer versucht, eine große Sache draus zu machen, aber meine Mom macht ständig ihre Witze drüber, daß Sankt Christophorus aus dem Heiligenkalender gestrichen worden ist. Mein Dad sagt, wie schade, daß meine Mom nicht Philomena getauft wurde. Das ist auch so eine Heilige, von der der Vatikan behauptet, daß sie gar nicht existiert hat.« Mit einem herzlichen Lachen überreichte die junge Frau die Tüte.

Als sie wieder auf den Highway hinausfuhren, schlug Brian die Augen auf. Er konnte die Hamburger und die Pommes frites riechen. Er setzte sich langsam auf.

Jimmy schaute ihn an, die Augen stahlhart, das Gesicht ganz starr. Durch kaum geöffnete Lippen befahl er: »Nimm diese verdammte Medaille von deinem Hals.«

Cally wollte unbedingt mit ihm über ihren Bruder und über das vermißte Kind reden. Nachdem er versprochen hatte, sofort vorbeizukommen, legte Mort Levy wie vor den Kopf geschlagen den Hörer auf. Was für einen Zusammenhang konnte es um Himmels willen zwischen Jimmy Siddons und dem kleinen Jungen geben, der auf der Fifth Avenue verschwunden war?

Er rief bei dem Observierungswagen an. »Habt ihr diesen Anruf mitgeschnitten?«

»Ist die noch zu retten, Mort? Die kann doch wohl nicht von dem Dornan-Jungen reden, oder? Sollen wir sie zum Verhör abholen?«

»Das ist genau das, was ihr *nicht* tun sollt!« explodierte Levy. »Habt Ihr denn nicht gemerkt, daß sie jetzt schon vollkommen verstört ist? Unternehmt ja nichts, bis ich da bin.«

Er mußte seine Vorgesetzten von Callys Anruf in Kenntnis setzen, an erster Stelle Jack Shore. Mort erblickte Shore, als er gerade das Büro des Dezernatschefs verließ, und im Nu war er von seinem Stuhl aufgesprungen und hatte das Zimmer durchquert. Er packte Shore am Arm. »Komm wieder mit rein.«

»Ich hab dir doch gesagt, du sollst 'ne Pause einlegen.« Shore versuchte, Levys Hand abzuschütteln. »Wir haben gerade wieder was von Logan in Detroit reinbekommen. Vor zwei Tagen hat sich eine Frau, deren Beschreibung auf Siddons' Freundin paßt, bei einer privaten Vermittlungsstelle eine Mitfahrgelegenheit über die Grenze nach Windsor verschafft. Logans Leute sind der Ansicht, daß Laronde ihrer Freundin das mit Kalifornien und Mexiko nur erzählt hat, um ihre Spur zu verwischen. Die Freundin ist noch mal verhört worden. Diesmal hat sie dran gedacht zu erwähnen, daß sie angeboten hatte, Laronde ihren Pelzmantel abzukaufen, weil die ihn in Mexiko ja doch nicht brauchte. Laronde hat abgelehnt.«

Ich hab diese Mexiko-Geschichte sowieso nie geglaubt, dachte Mort Levy. Er behielt Shores Arm weiterhin im Griff, während er die Tür zum Büro des Chefs aufstieß.

Fünf Minuten später raste ein Streifenwagen den East Side Drive entlang zur Avenue B an der Zehnten Straße. Ein äußerst frustrierter Jack Shore war angewiesen worden, in dem Observierungswagen zu warten, während Mort und der Chef, Bud Folney, nach oben gingen, um mit Cally zu reden.

Mort war sich im klaren, daß Shore ihm nicht verzeihen würde, daß er darauf bestanden hatte, ihn aus der Sache rauszuhalten. »Jack, als wir das letztemal dort waren, hab ich gemerkt, daß sie etwas auf dem Herzen hatte. Du hast ihr eine Mordsangst eingejagt. Sie glaubt, daß du alle Hebel in Bewegung setzt, um sie wieder hinter Gitter zu bringen. Um Himmels willen, kannst du sie denn nicht mal als menschliches Wesen ansehen? Sie hat ein vierjähriges Kind, ihr Mann ist tot, und sie hat die ganze Härte des Gesetzes zu spüren gekriegt, als sie den Fehler machte, dem Bruder zu helfen, den sie praktisch großgezogen hat.«

Jetzt wandte sich Mort an Folney. »Ich weiß nicht, worin der Zusammenhang zwischen Jimmy Siddons und diesem vermißten Kind besteht, aber ich weiß genau, daß Cally bisher zu eingeschüchtert war, um zu reden. Falls sie uns jetzt sagt, was sie weiß, dann bestimmt nur deshalb, weil sie das Gefühl hat, daß die Behörden ... Sie ... nicht hinter ihr her sind.«

Folney nickte. Er war ein schlanker Mann von Ende Vierzig mit dem Gesicht eines Gelehrten und einer freundlichen Stimme. Er hatte tatsächlich drei Jahre als High-School-Lehrer verbracht, bevor er zu der Erkenntnis kam, daß seine Leidenschaft der Strafverfolgung galt. Quer durch die Ränge waren viele davon überzeugt, daß er eines Tages Polizeichef sein würde. Schon jetzt war er einer der mächtigsten Männer in der Behörde.

Falls es überhaupt jemanden gab, der Cally helfen konnte, vorausgesetzt, daß sie wiederum auf irgendeine Weise gezwungen worden war, Jimmy zu decken, so war es Folney, das wußte Mort Levy. Doch das vermißte Kind – wie konnte Siddons bloß in diese Sache verwickelt sein?

Das war eine Frage, die ihnen allen auf der Seele brannte.

Als der Streifenwagen hinter dem Überwachungsfahrzeug anhielt, machte Shore einen letzten Versuch. »Wenn ich den Mund halte …«

Folney erwiderte: »Ich schlage vor, daß Sie sofort damit anfangen, Jack. Gehen Sie in den Lieferwagen.«

14

Pete Cruise wollte eigentlich gerade für heute Schluß machen. Er hatte herausgefunden, wo Cally wohnte, als er versuchte, ein Interview mit ihr zu machen, nachdem sie aus dem Gefängnis entlassen worden war, und nun hoffte er, ihr Bruder werde aufkreuzen. Aber seit Stunden schon ließ sich lediglich der stets neu einsetzende und dann wieder nachlassende Schnee beobachten. Jetzt hatte es wenigstens den Anschein, daß mit dem Schneien erst mal Schluß war. Der Lieferwagen, von dem er wußte, daß es ein Polizeifahrzeug war, stand noch gegenüber von Callys Wohnung auf der Straße geparkt, aber das einzige, was sie da drüben taten, war vermutlich, ihre Anrufe abzuhören. Die Wahrscheinlichkeit, daß Jimmy Siddons plötzlich an der Haustür seiner Schwester auftauchte, glich in etwa der, daß zwei Fremde das gleiche genetische Erbgut hatten.

All die Stunden, die er schon vor dem Apartmenthaus der Hunter herumhing, waren reine Zeitverschwendung, entschied Pete. Seit er Cally kurz vor sechs hatte nach Hause kommen und dann gegen sieben die beiden Kriminalbeamten zu ihr hatte hineingehen sehen, war absolut nichts passiert.

Die ganze Zeit über, während er wartete, hatte er sein starkes tragbares Funkgerät laufen lassen und zwischen dem Polizeifunk, seinem Sender WYME und dem Nachrichtensender WCBS hin und her geschaltet. Keine einzige Meldung über Siddons. Schlimm, diese Sache mit dem vermißten Jungen.

Als die Zehn-Uhr-Nachrichten auf WYME kamen, dachte Pete zum hundertsten Mal, daß sich die Moderatorin in dieser Sparte wie eine Transuse anhörte. Immerhin zeigte sie so etwas wie echte Anteilnahme, als sie von dem vermißten Siebenjährigen sprach. Vielleicht brauchen wir ja jeden Tag ein verschollenes Kind, dachte Pete sarkastisch, schämte sich jedoch unmittelbar darauf seiner selbst.

In dem Haus, wo die Hunter wohnte, war jetzt ziemlich viel Betrieb, Leute kamen und gingen. Viele der Kirchen hatten die Christmette auf zehn Uhr vorgezogen. Egal, wann sie den Gottesdienst ansetzen, manche Leute kommen immer zu spät, dachte Pete, als er ein älteres Paar aus dem Gebäude eilen und die Avenue B hochgehen sah. Wahrscheinlich unterwegs zu St. Emeric's.

Die Frau, die einige Zeit vorher das Kind der Hunter zu Hause abgeliefert hatte, kam jetzt die Straße herauf. War die Huntersche Wohnung ihr Ziel? Hat Cally vielleicht vor, auszugehen? fragte er sich.

Pete zuckte die Achseln. Vielleicht hatte die Hunter noch eine späte Verabredung oder ging selbst in die Kirche. Heute war offenbar nicht der Tag, um die Story zu ergattern, die ihm einen Namen als Reporter verschaffen würde.

Das kommt bestimmt noch, versicherte er sich

selbst. Ich arbeite doch nicht ewig für diesen lausigen Zehn-Watt-Sender. Sein Kumpel, der bei WNBC arbeitete, liebte es geradezu, Pete mit seinem Job aufzuziehen. Ein hämischer Lieblingsspruch besagte, die einzigen Zuhörer von WYME seien zwei Kakerlaken und drei streunende Katzen. »Hier ist Radio *Why-Me*«, pflegte er zu scherzen.

Pete ließ seinen Wagen an. Er wollte gerade losfahren, als ein Streifenwagen die Straße heruntergerast kam und vor Callys Apartmenthaus anhielt.

Mit zusammengekniffenen Augen beobachtete Pete, wie drei Männer ausstiegen. Einer, den er als Jack Shore erkannte, ging über die Straße und verschwand in dem Lieferwagen. Dann konnte er in dem Licht vom Gebäudeeingang her Mort Levy ausmachen. Den anderen bekam er nicht genauer zu Gesicht.

Irgend etwas Entscheidendes ging da vor sich. Pete stellte den Motor ab, mit einemmal wieder von Interesse gepackt.

Während sie auf Mort Levy wartete, holte Cally die Weihnachtsgeschenke für Gigi aus ihrem Versteck hinter dem Sofa hervor und arrangierte sie vor dem Christbaum. Der gebraucht gekaufte Puppenwagen sah gar nicht so schlimm aus, mit der hübschen Bettdecke und dem Kissenbezug aus blauem Satin, fand sie nun. Sie hatte die Babypuppe, die sie letzten Monat für ein paar Dollar erstanden hatte, hineingelegt, aber sie war nicht annähernd so niedlich wie diese andere, die sie von dem Straßenverkäufer auf der Fifth Avenue hatte kaufen wollen. Die nämlich hatte genau die gleichen goldbraunen Haare wie Gigi und trug ein blaues

Festkleid. *Wäre sie nicht auf der Suche nach diesem Straßenhändler gewesen, dann hätte sie nicht das Portemonnaie gesehen, und der Junge wäre ihr nicht nachgelaufen, und ...*

Sie schob diese Überlegung beiseite. Sie konnte jetzt nichts mehr empfinden. Sorgfältig türmte sie die Geschenke, die sie in das Zuckerstöckchen-Papier gewickelt hatte, aufeinander: einen Spielanzug von *The Gap* – Leggings und ein Polohemd; Kreiden und ein Malbuch; ein paar Möbel für Gigis Puppenhaus. Alles, sogar die zwei Teile des Gap-Anzugs, steckte in einzelnen Schachteln, damit es wenigstens so aussah, als hätte Gigi einen ganzen Stapel Geschenke zum Aufmachen.

Sie versuchte zu vermeiden, das größte Geschenk unter dem Baum anzusehen, den Kasten, von dem Gigi glaubte, er sei ihr gemeinsames Geschenk für den Weihnachtsmann.

Endlich rief sie Aika an. Aikas Enkel gingen immer nach Hause zum Übernachten, deshalb konnte sie gewiß herüberkommen und bei Gigi bleiben, nur für den Fall, daß die Cops Cally festnahmen, nachdem sie ihnen das mit Jimmy und dem kleinen Jungen erzählt hatte.

Aika kam schon nach dem ersten Klingelzeichen an den Apparat. »Hallo.« Ihre Stimme war wie stets von Wärme erfüllt. Wenn sie Gigi doch nur bei Aika lassen würden, falls sie mich wieder ins Gefängnis stecken, dachte Cally. Sie schluckte mühsam, da sie einen Kloß im Hals spürte, und sagte dann: »Aika, ich bin in der Klemme. Kannst du in etwa einer halben Stunde rüberkommen und vielleicht auch über Nacht bleiben?«

»Aber klar doch.« Aika stellte keine Fragen, hängte einfach ein.

Als Cally den Hörer wieder auflegte, hallte das Schnarren der Klingel von der Haustür durch die Wohnung.

»Unsere Telefone laufen heiß, Mrs. Dornan«, sagte Leigh Ann Winick, die Produktionsleiterin der Zehn-Uhr-Nachrichten von Fox 5, zu Catherine, die gerade mit Michael das Studio verließ und dabei sorgsam den Kabeln auf dem Boden auswich. »Es sieht so aus, als ob jeder einzelne in unserem Sendebereich Sie wissen lassen möchte, daß sie alle für Brian und Ihren Mann die Daumen drücken und beten.«

»Danke.« Catherine versuchte zu lächeln. Sie blickte zu Michael hinunter. Er hatte sich ihretwegen so große Mühe gegeben, den Kopf nicht sinken zu lassen. Erst als sie sein Plädoyer vor laufender Kamera mit angehört hatte, war ihr ganz klar geworden, was diese Sache ihm antat.

Michael hatte die Hände in die Taschen gesteckt, die Schultern bis zu den Ohren hochgezogen. Es war genau die gleiche Haltung, wie sie Tom unwillkürlich annahm, wenn er sich wegen eines Patienten Sorgen machte. Catherine straffte ihre Schultern und legte den Arm um ihren älteren Sohn, während sich hinter ihnen die Tür des Studios schloß.

Die Produktionsleiterin sagte: »Unsere Leute am Telefon danken jedem Anrufer in Ihrem Namen, aber gibt es sonst noch etwas, wovon Sie gern möchten, daß wir es unserem Publikum mitteilen?«

Catherine holte tief Luft, und ihr Arm umfaßte

Michael fester. »Ich möchte gern, daß Sie den Leuten folgendes sagen: Wir glauben, daß mir mein Portemonnaie runtergefallen ist und daß Brian offenbar der Person gefolgt ist, die es aufgehoben hat. Der Grund, daß er es so dringend zurückhaben wollte, ist, daß meine Mutter mir gerade eine Christophorus-Medaille gegeben hatte, die mein Vater den ganzen Zweiten Weltkrieg hindurch getragen hat. Mein Vater war überzeugt davon, daß die Medaille ihn beschützt hat. Sie hat sogar eine Delle, wo eine Kugel davon abgeprallt ist, eine Kugel, die ihn vielleicht getötet hätte. Brian hat denselben wunderbaren Glauben, daß der heilige Christophorus oder das, wofür er steht, wieder seine schützende Hand über uns hält ..., und ich glaub's auch. Sankt Christophorus wird uns Brian auf seinen Schultern zurückbringen, und er wird meinem Mann helfen, wieder auf die Beine zu kommen.«

Sie lächelte zu Michael hinunter. »Richtig, Partner?«

Michaels Augen glänzten. »Mom, glaubst du das wirklich?«

Catherine atmete tief ein. *Ich glaube, Gott, hilf meinem Unglauben ab.* »Ja, wirklich«, sagte sie entschieden.

Und vielleicht weil Heiligabend war, glaubte sie es zum erstenmal wirklich.

15

State Trooper Chris McNally schweifte in Gedanken ab, als Deidre Lenihan ins Schwafeln darüber geriet, sie hätte eben eine Christophorus-Münze gesehen, und daß ihr Vater nach Sankt Christophorus getauft worden sei. Sie war ja eine gutherzige junge Frau, aber jedesmal, wenn er bei diesem verdammten McDonald's hier für einen Kaffee anhielt, schien sie gerade ihre Schicht zu haben, und ständig wollte sie mit ihm über irgend etwas Belangloses reden.

Heute abend war Chris in Gedanken zu sehr damit beschäftigt, bald nach Hause zu kommen. Er wollte wenigstens noch ein bißchen Schlaf abkriegen, bevor seine Kinder aufstanden, um ihre ganzen Weihnachtsgeschenke aufzumachen. Er dachte außerdem über den Toyota nach, den er gerade vor sich hatte davonfahren sehen. Er hatte selbst schon daran gedacht, sich einen zu kaufen, obwohl seine Frau ganz sicher keinen braunen haben wollte. Ein neuer Wagen bedeutete Monatsraten, um die man sich kümmern mußte. Er bemerkte noch den Überrest eines Aufklebers auf der Stoßstange des Toyota, ein einzelnes Wort: *Erbschaft.* Er wußte, daß der ganze Text ursprünglich gelautet haben mußte: »Wir hauen die Erbschaft unserer Enkel auf den

Kopf.« Wir könnten eine Erbschaft gut gebrauchen, dachte er.

»Und mein Vater hat gesagt ...«

Chris zwang sich, zur Gegenwart zurückzukehren. Deidre ist nett, dachte er, aber sie redet zuviel. Er griff nach der Tüte, die sie in der Hand pendeln ließ, aber es war deutlich zu erkennen, daß sie noch nicht bereit war, sie loszulassen, nicht, ehe sie noch erzählt hatte, wie ihr Dad gefunden habe, es sei doch jammerschade, daß ihre Mutter nicht auf den Namen Philomena getauft worden sei.

Und sie war noch immer nicht fertig. »Vor Jahren hat mal meine Tante in Southampton gearbeitet und zur Sankt-Philomena-Gemeinde gehört. Als sie die Kirche dann umtaufen mußten, hat der Pfarrer einen Wettbewerb veranstaltet, um zu entscheiden, welchen Namen sie wählen sollten und warum. Meine Tante hat die Heilige Dymphna vorgeschlagen, weil die, wie sie sagte, die Schutzpatronin der Verrückten war und die meisten Leute in der Gemeinde nicht ganz bei Trost wären.«

»Also, mich hat man auch nach dem heiligen Christophorus getauft«, sagte Chris und schaffte es jetzt, die Tüte zu ergattern. »Fröhliche Weihnachten, Deidre.«

Und es wird Weihnachten sein, bevor ich endlich in diesen Big Mac reinbeißen kann, dachte er, als er wieder auf den Thruway fuhr. Mit einer Hand öffnete er geschickt die Tüte, befreite den Hamburger aus seinem Behälter und biß dankbar ein großes Stück ab. Der Kaffee würde sich noch gedulden müssen, bis er wieder bei seinem Einsatzposten angelangt war.

Um Mitternacht würde er dienstfrei haben, und dann, dachte er mit einem zufriedenen Lächeln, war es an der Zeit, sich für eine Weile aufs Ohr zu hauen. Eileen würde sich bemühen, die Kinder bis um sechs im Bett zu halten, na, dann viel Glück! Es hatte letztes Jahr nicht geklappt und würde auch dieses Jahr nicht klappen, wenn er seine Söhne richtig kannte.

Er näherte sich jetzt der Ausfahrt 40 und steuerte den Wagen zu der offiziellen Umkehrschleife, von wo aus er ein Auge auf Verkehrssünder haben konnte. Heiligabend war zwar nichts im Vergleich zu Silvester, um betrunkene Fahrer zu schnappen, aber Chris war entschlossen, keinen, der die erlaubte Geschwindigkeit überschritt oder im Zickzack über die Straße fuhr, ungeschoren davonkommen zu lassen. Er hatte mehrere Unfälle miterlebt, bei denen irgendein Betrunkener die Feiertage für unschuldige Menschen in einen Alptraum verwandelt hatte. Nicht heute nacht, soweit er es verhindern konnte. Und der Schnee machte das Fahren inzwischen um so tückischer.

Als Chris den Deckel von seinem Kaffeebecher löste, runzelte er die Stirn. Eine Corvette, die mindestens hundertdreißig drauf hatte, brauste die Standspur entlang. Er schaltete sein blau-rotes Blinklicht und die Sirene an, warf den Gang rein, und der Streifenwagen nahm quietschend die Verfolgung auf.

Bud Folney hörte ohne weitere Regung ruhig und aufmerksam zu, während eine zitternde Cally Hunter Mort Levy von dem Fund des Portemonnaies auf der Fifth Avenue berichtete. Sie hatte darauf verzichtet, sich über ihre Rechte belehren zu lassen, und nur ungeduldig erklärt: »Das kann nicht länger warten.«

Folney war über die Grundzüge ihres Falls im Bilde: ältere Schwester von Jimmy Siddons, hatte eine Gefängnisstrafe verbüßt, weil ein Richter ihr die Geschichte nicht abgekauft hatte, sie habe angenommen, ihrem Bruder nur dabei zu helfen, vor einer rivalisierenden Gang zu fliehen, die ihm angeblich nach dem Leben trachtete. Levy hatte ihm gesagt, Cally Hunter komme ihm wie einer der Menschen vor, die vom Pech geradezu verfolgt würden – aufgezogen von einer schon recht alten Großmutter, die dann starb und ihr die Aufgabe überließ, ihren mißratenen jüngeren Bruder auf den rechten Weg zu bringen, obwohl sie selbst noch ein halbes Kind war; und während ihrer Schwangerschaft war ihr Mann bei einem Verkehrsunfall mit Fahrerflucht getötet worden.

Um die Dreißig, dachte Folney, und könnte hübsch sein, wenn sie etwas mehr Fleisch auf den Rippen hätte. Sie hatte noch immer diese Blässe und den gehetzten Gesichtsausdruck, wie er sie an anderen Frauen bemerkt hatte, die im Gefängnis gewesen waren und die Furcht mit sich herumschleppten, eines Tages wieder dorthin zurückgeschickt zu werden.

Er sah sich um. Die ordentliche Wohnung, die sonnige gelbe Farbe auf den rissigen Wänden, der wacker dekorierte, aber mickerige Weihnachtsbaum, die neue Bettdecke in dem ramponierten Puppenwagen, das alles erzählte ihm etwas über Cally Hunter.

Folney wußte, daß Mort Levy ebenso wie er selbst darauf brannte, herauszufinden, welchen Zusammenhang zwischen Siddons und dem vermißten Dornan-

Kind Hunter ihnen wohl liefern könnte. Er billigte Morts sanfte Vorgehensweise. Cally Hunter mußte es auf ihre eigene Weise erzählen. Wie gut, daß wir nicht den tobenden Bullen mitgenommen haben, überlegte Folney. Jack Shore war ein guter Detective, aber seine aggressive Art ging Folney häufig auf die Nerven.

Hunter sprach gerade davon, wie sie das Portemonnaie auf dem Bürgersteig entdeckt hatte. »Ich hab es, ohne mir was dabei zu denken, aufgehoben. Ich hab mir zwar gedacht, daß es wahrscheinlich dieser Frau gehört, war mir aber nicht sicher. Ganz ehrlich, ich war mir nicht sicher«, platzte es aus ihr heraus, »und ich hab mir dann gedacht, wenn ich es ihr zurückgeben würde, dann behauptet sie vielleicht, daß was daraus fehlt. Das ist nämlich meiner Großmutter passiert. Und dann schicken Sie mich wieder ins Gefängnis, und ...«

»Cally, immer mit der Ruhe«, sagte Mort. »Was ist als nächstes passiert?«

»Als ich nach Hause kam ...«

Sie erzählte ihnen, wie sie Jimmy, der bereits die Sachen ihres verstorbenen Ehemanns angezogen hatte, in der Wohnung vorfand. Sie deutete auf das große Päckchen unter dem Baum. »Die Uniform des Gefängniswärters und der Mantel sind da drin«, erklärte sie. »Es war das einzige Versteck, das mir einfiel, für den Fall, daß Sie wiederkommen.«

Das war es, dachte Mort. Als wir uns beim zweitenmal in der Wohnung umgesehen haben, da war in dem Schrank irgendwas anders als zuvor. Die Kiste oben auf dem Fach und die Lederjacke fehlten.

Callys Stimme wurde jetzt brüchig und stockend, als

sie ihnen berichtete, wie Jimmy Brian Dornan mitgenommen und gedroht hatte, ihn zu töten, falls er einen Cop entdecken sollte, der hinter ihm her war.

Levy fragte: »Cally, glauben Sie, man kann sich darauf verlassen, daß Jimmy den Jungen wieder laufenläßt?«

»Ich würde es gern glauben«, sagte sie tonlos. »Das hab ich mir nämlich eingeredet, als ich Sie nicht sofort angerufen hab. Aber ich weiß, daß er verzweifelt ist. Jimmy ist zu allem entschlossen, nur um zu verhindern, daß er wieder ins Gefängnis muß.«

Folney stellte endlich auch eine Frage. »Cally, weshalb haben Sie uns jetzt angerufen?«

»Ich hab Brians Mutter im Fernsehen gesehen, und mir war klar, wenn Jimmy Gigi in seiner Gewalt hätte, dann würde ich auch wollen, daß Sie mir helfen, sie wiederzukriegen.« Cally preßte die Hände zusammen. Ihr Körper schwankte in der uralten Haltung des Kummers etwas nach vorn, dann wieder zurück. »Der Gesichtsausdruck dieses kleinen Jungen, die Art, wie er sich diese Medaille um den Hals gelegt und sich dann dran festgehalten hat, so als wär's ein Rettungsring ... Wenn ihm irgendwas passiert, dann bin ich schuld.«

Es läutete an der Tür. Wenn das Shore ist ..., dachte Folney, während er aufsprang, um nachzusehen.

Es war Aika Banks. Als sie die Wohnung betrat, musterte sie fragend die Polizeibeamten, stürzte dann zu Cally hinüber und umarmte sie. »Baby, was ist denn los? Was ist passiert? Warum brauchst du mich – damit ich bei Gigi bleibe? Was wollen diese Leute hier?«

Cally zuckte vor Schmerzen zusammen.

Aika krempelte den Ärmel ihrer Freundin hoch. Die von Jimmys Fingern stammenden Quetschungen hatten sich jetzt zu einem häßlichen Lila verfärbt. Jeder Verdacht, den Bud Folney noch hinsichtlich einer etwaigen Komplizenschaft Callys mit ihrem Bruder hegen mochte, schwand. Er hockte sich vor sie hin. »Cally, Sie werden keinen Ärger bekommen. Das verspreche ich Ihnen. Ich glaube Ihnen, daß Sie das Portemonnaie gefunden haben. Ich glaube auch, daß Sie nicht wußten, was Sie am besten hätten tun sollen. Jetzt aber müssen Sie uns helfen. *Haben Sie die geringste Ahnung, wo Jimmy vielleicht hin ist?*«

Als sie zehn Minuten später Callys Wohnung verließen, trug Mort Levy das ausladende, als Geschenk verpackte Paket, in dem die Uniform des Gefängnisaufsehers steckte.

Shore gesellte sich in dem Streifenwagen zu ihnen und bombardierte Mort ungeduldig mit Fragen. Während sie in die Innenstadt gefahren wurden, kamen sie überein, bei der Fahndung nach Jimmy Siddons von der Annahme auszugehen, daß er versuchen würde, Kanada zu erreichen.

»Er muß in einem Auto unterwegs sein«, stellte Folney lapidar fest. »Es ist undenkbar, daß er zusammen mit diesem Kind öffentliche Verkehrsmittel benutzt.«

Cally hatte sie informiert, daß Jimmy schon seit der Zeit, als er zwölf Jahre alt war, jedes beliebige Auto kurzschließen und stehlen konnte; sie war überzeugt davon, daß er eins in der Nähe der Wohnung abgestellt gehabt hatte.

»Ich schätze, Siddons wird wohl so schnell wie möglich aus dem Staat New York raus wollen«, sagte Folney. »Was heißt, daß er dann durch Neuengland zur Grenze fährt. Aber das ist bloß eine Vermutung. Er könnte auf dem Thruway zur Interstate Siebenundachtzig unterwegs sein. Das ist die schnellste Strecke.«

Und Siddons' Freundin war vermutlich in Kanada. Es paßte alles zusammen.

Sie akzeptierten auch die absolute Sicherheit, mit der Cally davon überzeugt war, Jimmy Siddons werde sich nicht lebend fassen lassen, und daß er als krönenden Racheakt seine Geisel umbringen würde.

Also sahen sie sich nun einem flüchtigen Mörder mit einem Kind als Geisel gegenüber, der möglicherweise einen Wagen fuhr, den sie nicht beschreiben konnten, und vermutlich in einem Schneesturm nach Norden unterwegs war. Das glich der Suche nach einer Nadel in einem Heuhaufen. Siddons war sicherlich zu schlau, als daß er durch zu schnelles Fahren Aufmerksamkeit auf sich zöge. Am Heiligabend herrschte stets starker Verkehr an der Grenze. Folney diktierte eine Meldung, die an die Dienststellen der Staatspolizei in den Neuengland-Staaten und New York herausgehen würde. »Hat gedroht, die Geisel zu töten«, hob er hervor.

Wenn Siddons die Wohnung Cally Hunters kurz nach sechs verlassen hatte, dann mußte er je nach Verkehrssituation, so rechneten sie sich aus, mittlerweile an die drei- oder vierhundert, vielleicht auch fünfhundert Kilometer weit entfernt sein. Der Fahndungsaufruf an die Staatspolizei enthielt auch Callys abschließende Vermutung: *Das Kind trägt möglicher-*

weise eine Christophorus-Medaille aus Bronze von der Größe eines Silberdollars an einer Kette um den Hals.

Pete Cruise beobachtete, wie die Kriminalbeamten etwa zwanzig Minuten nach ihrer Ankunft wieder aus Cally Hunters Mietshaus herauskamen. Er bemerkte, daß Levy ein großes Paket trug. Shore sprang sofort aus dem Lieferwagen und lief zu den Männern hinüber.

Diesmal konnte Pete sich den dritten Mann genauer ansehen und pfiff leise vor sich hin. Es war Bud Folney, Chef des Morddezernats und als Anwärter für den Posten des Polizeichefs im Gespräch. Da braute sich etwas zusammen. Etwas Großes.

Der Streifenwagen fuhr mit rotierendem Signallicht davon. Eine Straße weiter wurde auch die Sirene angestellt. Pete saß eine Weile da und überlegte, was er tun sollte. Die Cops in dem Lieferwagen hielten ihn womöglich zurück, wenn er versuchte, das Haus zu betreten, um mit Cally zu reden, aber offensichtlich war da etwas Wichtiges im Gange, und er war fest entschlossen, in dieser Sache am Ball zu bleiben.

Während er in Erwägung zog, sich nach einem Hintereingang zu dem Gebäude umzusehen, sah er die Frau herauskommen, von der er wußte, daß sie regelmäßig auf Callys Kind aufpaßte. Im Nu war er aus dem Auto heraus und ihr auf den Fersen. Er holte sie ein, als sie gerade um die Ecke ging und sie beide außerhalb der Sichtweite der Beamten im Lieferwagen waren. »Ich bin Detective Cruise«, erklärte er. »Ich habe den Auftrag, dafür zu sorgen, daß Sie sicher nach Hause kommen. Wie geht's Cally?«

»Oh, dieses arme Mädchen«, begann Aika. »Officer, Sie alle müssen ihr unbedingt glauben. Sie dachte, sie tut das Richtige, als sie Ihnen nicht gleich Bescheid gab, daß ihr Bruder diesen kleinen Jungen gekidnappt hat ...«

Obwohl Brian Hunger hatte, fiel es ihm schwer, den Hamburger herunterzubekommen. Seine Kehle fühlte sich so an, als wäre etwas darin steckengeblieben. Er wußte, daß Jimmy der Grund war. Er trank einen riesigen Schluck Coca-Cola und versuchte sich vorzustellen, wie Daddy Jimmy zur Strafe verprügeln würde, weil er so gemein zu ihm gewesen war.

Doch wenn er jetzt über Daddy nachdachte, fiel es ihm schwer, sich an irgend etwas anderes zu erinnern als an all die Pläne, die sie eigentlich für den Heiligabend gemacht hatten. Daddy hatte geplant, früher als sonst nach Hause zu kommen, und dann wollten sie alle zusammen den Christbaum schmücken. Danach sollte es Abendessen geben, und dann hatten sie vorgehabt, mit verschiedenen ihrer Freunde in der Nachbarschaft herumzugehen und Weihnachtslieder zu singen.

Das war das einzige, woran er im Augenblick denken konnte, weil es das einzige war, was er wollte: daheim zu sein und daß Daddy und Mommy ständig lächelten, wie sie es immer taten, wenn sie zusammen waren. Als sie nach New York fuhren, weil Dad krank war, hatte Mom ihm und Michael erzählt, daß ihre Hauptgeschenke, die, die sie wirklich haben wollten, auf sie warteten, wenn sie wieder nach Hause kamen. Sie hatte gesagt, der Weihnachtsmann würde sie auf seinem Schlitten aufbewahren, bis er wußte, daß sie wieder in ihrem eigenen Haus waren.

Michael hatte heimlich zu Brian gezischt: »Ja, ganz sicher.« Doch Brian glaubte an den Weihnachtsmann. Letztes Jahr hatte Dad ihnen Spuren auf dem Garagendach gezeigt, wo der Schlitten vom Weihnachtsmann gelandet war und wo die Rentiere gestanden hatten. Michael erzählte ihm dann, er hätte Mom zu Dad sagen hören, er könne von Glück reden, daß er sich nicht den Hals gebrochen hätte, als er da auf dem vereisten Dach herumgerutscht war und überall Spuren gelegt hatte, aber Brian war egal, was Michael sagte, weil er ihm nicht glaubte. Genauso, wie es ihm auch egal war, daß Michael ihn manchmal Blödmann nannte; er wußte, daß er kein Blödmann war.

Er wußte, daß es nicht rosig um einen bestellt war, wenn man sich wünschte, dieser Armleuchter von einem Bruder, der einem so auf den Wecker gehen konnte, wäre bei einem, und genauso war ihm nämlich jetzt zumute.

Als Brian trotz des Gefühls, daß etwas in seiner Kehle steckte, schluckte, sprang ihm der Plastikbehälter beinahe aus der Hand. Er begriff, daß Jimmy ruckartig die Spur gewechselt hatte.

Jimmy Siddons fluchte im stillen. Er war gerade am Dienstwagen eines State Troopers vorbeigefahren, der hinter einem Sportwagen angehalten hatte. Der Anblick eines State Troopers ließ ihn am ganzen Leib in Schweiß ausbrechen, doch er hätte trotzdem nicht auf diese Weise die Spur wechseln sollen. Er wurde allmählich nervös.

Da Brian die Feindseligkeit spürte, die von Jimmy

ausging, steckte er den nicht aufgegessenen Hamburger und die Cola-Dose in die Tüte zurück und beugte sich dann betont langsam, so daß Jimmy sehen konnte, was er tat, nach unten und legte die Tüte auf den Boden. Dann richtete er sich wieder auf, drückte sich tief gegen die Rückenlehne des Sitzes und legte die Arme eng an den Körper. Die Finger seiner rechten Hand tasteten sich voran, bis sie die Christophorus-Medaille zu fassen bekamen, die er neben sich auf den Sitz gelegt hatte, als er sein Eßpaket aufgemacht hatte.

Mit einem Gefühl von Erleichterung umschloß er die Münze mit der Hand und malte sich den starken Heiligen aus, der das kleine Kind über den gefährlichen Fluß trug, der sich um seinen Großvater gekümmert hatte, der seinen Vater wieder gesund machen würde und der ... Brian schloß die Augen ... Er vollendete den Wunsch nicht, aber in seiner Einbildung konnte er sich selbst auf den Schultern des Heiligen sehen.

16

Barbara Cavanaugh wartete im Aufenthaltsraum von Channel 5 auf Catherine und Michael. »Ihr habt es beide großartig gemacht«, sagte sie ruhig. Als sie sah, wie erschöpft ihre Tochter war, fügte sie hinzu: »Catherine, bitte komm jetzt mit in die Wohnung zurück. Die Polizei wird sich dort mit dir in Verbindung setzen, sobald sie irgend etwas über Brian in Erfahrung bringt. Du siehst zum Umfallen erledigt aus.«

»Ich kann nicht, Mutter«, erwiderte Catherine. »Ich weiß, daß es unsinnig ist, auf der Fifth Avenue zu warten. Brian kommt nicht von allein dorthin zurück, aber solange ich draußen unterwegs bin, habe ich wenigstens das Gefühl, als würde ich etwas unternehmen, um ihn zu finden. Ich weiß eigentlich nicht genau, was ich damit sagen will, außer daß ich meine beiden Jungen bei mir hatte, als ich deine Wohnung verlassen habe, und daß sie auch bei mir sein werden, wenn ich dorthin zurückkehre.«

Leigh Ann Winick machte einen Vorschlag. »Mrs. Dornan, warum bleiben Sie nicht wenigstens bis auf weiteres einfach hier? Dieses Zimmer ist ganz gemütlich. Wir lassen heiße Suppe oder ein Sandwich kommen oder was immer Sie wünschen. Sie haben ja selbst gesagt, daß es keinen Sinn hat, auf Dauer an der Fifth Avenue zu warten.«

Catherine dachte nach. »Und die Polizei kann mich hier erreichen?«

Winick deutete auf das Telefon. »Auf jeden Fall. Jetzt sagen Sie mir bitte, was ich für Sie bestellen kann.«

Zwanzig Minuten später schlürften Catherine, ihre Mutter und Michael dampfend heiße Minestrone und beobachteten dabei den Fernsehschirm, der im Aufenthaltsraum des Studios stand. Der laufende Kurzbericht galt Mario Bonardi, dem verwundeten Gefängnisaufseher. Obwohl sein Zustand noch ernst war, hatte er sich doch stabilisiert.

Der Reporter war bei der Frau und den schon etwas älteren Kindern Bonardis im Wartezimmer der Intensivstation. Auf die Bitte um einen Kommentar hin erklärte eine erschöpfte Rose Bonardi: »Mein Mann wird durchkommen. Ich möchte all denen danken, die heute für ihn gebetet haben. Unsere Familie hat viele glückliche Weihnachtsfeste erlebt, aber dieses wird unser allerschönstes sein, weil wir wissen, was wir beinahe verloren hätten.«

»Genau das werden wir auch sagen, Michael«, verkündete Catherine entschlossen. »Dad wird durchkommen, und Brian wird gefunden werden.«

Der Reporter bei der Familie Bonardi sagte nun: »Zurück an Sie in der Nachrichtenredaktion, Tony.«

»Danke, Ted. Ich freue mich zu hören, daß es so gut steht. Das ist die Art von Weihnachtsgeschichte, wie wir sie gerne erzählen, wenn es uns möglich ist.« Das Lächeln des Nachrichtensprechers schwand wieder.

»Es gibt noch immer keine Spur von Jimmy Siddons, dem Mann, der Mario Bonardi angeschossen hat und der einem Verfahren wegen Mordes an einem Polizeibeamten entgegensah. Laut unseren Quellen geht man bei der Polizei davon aus, daß er möglicherweise vorhat, sich mit seiner Freundin Paige Laronde in Mexiko zu treffen. Ein großes Polizeiaufgebot überwacht Flughäfen, Bahnhöfe und Bushaltestellen. Fast drei Jahre ist es mittlerweile her, daß Siddons, der sich nach einem bewaffneten Raubüberfall auf der Flucht befand, Officer William Grasso, der ihn wegen eines Verkehrsdelikts angehalten hatte, tödlich verletzte. Siddons ist mit Sicherheit bewaffnet und sollte als extrem gefährlich eingeschätzt werden.«

Während der Moderator sprach, wurden Jimmy Siddons' Fahndungsfotos eingeblendet.

»Er sieht gemein aus«, stellte Michael fest, als er die kalten Augen und höhnischen Lippen des entflohenen Häftlings betrachtete.

»Das tut er allerdings«, stimmte ihm Barbara Cavanaugh zu. Dann blickte sie ihrem Enkel ins Gesicht. »Mike, warum machst du nicht die Augen zu und ruhst dich ein bißchen aus?« schlug sie vor.

Er schüttelte den Kopf. »Ich will nicht schlafen gehen.«

Es war eine Minute vor elf. Der Nachrichtenkommentator sagte soeben: »Zum aktuellen Stand im Fall des siebenjährigen Brian Dornan, der seit kurz nach fünf Uhr heute nachmittag vermißt wird, gibt es derzeit nichts Neues zu melden.«

»An diesem ganz besonderen Abend«, fügte er noch hinzu, »bitten wir sie, auch weiterhin dafür zu beten, daß Brian wohlbehalten zu seiner Familie zurückgebracht wird, darüber hinaus wünschen wir Ihnen und all Ihren Lieben ein sehr fröhliches Weihnachten.«

In einer Stunde ist Weihnachten, dachte Catherine. *Brian, du mußt wiederkommen, du mußt einfach gefunden werden. Du mußt morgen früh bei mir sein, wenn wir Dad besuchen gehen. Brian, komm zurück. Bitte komm zurück!*

Die Tür des Aufenthaltsraums wurde geöffnet. Winick führte einen großen Mann von Ende Vierzig herein, gefolgt von Officer Manuel Ortiz. »Detective Rhodes möchte mit Ihnen sprechen, Mrs. Dornan«, erklärte Winick. »Ich bin draußen, falls Sie mich brauchen.«

Catherine sah den ernsten Ausdruck in den Mienen von Rhodes wie Ortiz und war wie gelähmt vor Entsetzen. Sie war nicht in der Lage, sich zu bewegen oder zu sprechen.

Sie begriffen, was sie dachte. »Nein, Mrs. Dornan, das ist es nicht«, beeilte sich Ortiz zu sagen.

Rhodes übernahm jetzt. »Ich komme aus dem Präsidium, Mrs. Dornan. Wir haben Informationen über Brian, aber lassen Sie mich zunächst sagen, daß er nach allem, was wir wissen, am Leben und unverletzt ist.«

»Wo ist er denn dann?« preschte Michael vor. »Wo ist mein Bruder?«

Catherine hörte zu, während Detective Rhodes die Sache mit dem Portemonnaie erklärte, das eine junge Frau aufgehoben habe, die wiederum die Schwester des entkommenen Häftlings Jimmy Siddons sei. Catherines Verstand wollte nicht akzeptieren, daß Brian von dem gemeinen Mörder entführt worden war, dessen Gesicht sie eben erst auf dem Fernsehschirm gesehen hatte. Nein, sagte sie sich, nein, das kann einfach nicht sein!

Sie wies auf den Bildschirm. »Es wurde doch gerade berichtet, daß der Mann vermutlich nach Mexiko unterwegs ist. Brian ist vor sechs Stunden verschwunden. Er könnte schon jetzt in diesem Moment in Mexiko sein.«

»Bei uns in der Zentrale nehmen wir diese Geschichte nicht ernst«, klärte Rhodes sie auf. »Wir glauben, daß er nach Kanada will, wahrscheinlich in einem gestohlenen Wagen. Wir konzentrieren die Suche in dieser Richtung.«

Plötzlich konnte Catherine keine Empfindung mehr spüren. Es war wie damals, als sie im Kreißsaal war und die Spritze bekam und mit einemmal der ganze Schmerz wie durch ein Wunder weg war. *Und sie hatte aufgeblickt und gesehen, wie Tom ihr zuzwinkerte. Tom, immer für sie da. »Fühlt sich schon besser an, oder, Babe?« hatte er gefragt. Und ihr Kopf, nun nicht mehr vor Schmerzen ganz benommen, war so völlig klar geworden.* Genauso war es auch jetzt. »In was für einem Wagen sind sie denn unterwegs?«

Rhodes sah verlegen aus. »Das wissen wir nicht«, sagte er. »Wir können nur vermuten, daß er in einem Auto unterwegs ist, aber wir sind ziemlich sicher, daß die Vermutung zutrifft. Wir haben jeden State Trooper in ganz New York und Neuengland auf die Fahndung nach einem Mann angesetzt, der mit einem kleinen Jungen unterwegs ist, der eine Christophorus-Medaille um den Hals hat.«

»Brian hat die Medaille um?« rief Michael aus. »Dann passiert ihm auch nichts. Gran, sag Mom, daß die Medaille Brian genauso beschützt, wie sie Grandpa beschützt hat.«

»Bewaffnet und gefährlich«, wiederholte Catherine.

»Mrs. Dornan«, sagte Rhodes eindringlich. »Falls Siddons in einem Auto sitzt, hört er vermutlich Radio. Er ist nicht dumm. Jetzt, da Officer Bonardi nicht mehr in Lebensgefahr schwebt, weiß Siddons, daß ihm nicht die Todesstrafe droht. Als er vor drei Jahren den Polizeibeamten erschoß, da war die Todesstrafe noch nicht wieder in Kraft getreten. Und er hat in der Tat zu seiner Schwester gesagt, daß er Brian morgen früh wieder freiläßt.«

Ihr Kopf war so klar. »Aber daran glauben Sie nicht, oder?«

Sie brauchte nicht erst seinen Gesichtsausdruck zu sehen, um zu wissen, daß Detective Rhodes nicht daran glaubte, Jimmy Siddons werde Brian freiwillig laufen lassen.

»Mrs. Dornan, falls wir recht haben und Siddons auf die kanadische Grenze zusteuert, dann wird er sie allerfrühestens in drei oder vier Stunden erreichen. Obwohl es in einigen Gegenden aufgehört hat zu schneien, werden die Straßen noch die ganze Nacht über ziemlich unangenehm zu befahren sein. Er kann gar nicht schnell vorankommen, und er weiß nicht, daß wir wissen, daß er Brian hat. Das wird aus den Medien rausgehalten. In Siddons' Augen ist Brian ein Pluspunkt – zumindest, bis er die Grenze erreicht. Wir werden ihn schon vorher zu fassen kriegen.«

Der Fernseher war noch angestellt, mit reduzierter

Lautstärke. Catherine wandte ihm den Rücken zu. Sie sah, wie sich Detective Rhodes' Gesichtsausdruck abrupt wandelte, hörte eine Stimme sagen: »Wir unterbrechen diese Sendung für eine aktuelle Meldung. Einem Bericht zufolge, der soeben von Radio WYME gebracht wurde, ist der siebenjährige Brian Dornan, der Junge, der seit heute nachmittag vermißt ist, in die Hände des Mordverdächtigen Jimmy Siddons gefallen, der seine Schwester wissen ließ, falls die Polizei ihm zu nahe komme, werde er dem Kind eine Kugel in den Kopf jagen. Mehr davon später, sobald neue Informationen eintreffen.«

17

Nachdem Aika gegangen war, machte sich Cally eine Tasse Tee, wickelte sich in eine Decke, stellte den Fernsehapparat an und preßte die Taste, mit der man den Ton ausschaltete. Auf diese Weise weiß ich, wenn es irgendwelche Nachrichten gibt, dachte sie. Dann machte sie das Radio an und suchte einen Sender, der gerade Weihnachtsmusik ausstrahlte, hielt jedoch die Lautstärke niedrig.

»*Hark, the herald angels sing* ...« Wie war das noch, damals, als Frank und ich zusammen dieses Lied beim Schmücken des Christbaums gesungen haben? dachte sie. Fünf Jahre war es nun her. Ihr einziges gemeinsames Weihnachtsfest. Sie hatten gerade erfahren, daß sie schwanger war. Sie erinnerte sich an all die Pläne, die sie geschmiedet hatten. »Nächstes Jahr haben wir dann Hilfe beim Baumschmücken«, hatte Frank erklärt.

»Aber sicher. Ein drei Monate altes Baby ist bestimmt eine große Hilfe«, hatte sie lachend erwidert.

Sie dachte daran, wie Frank sie hochgehoben hatte, damit sie den Stern oben auf dem Baum anbringen konnte.

Warum?

Warum nur hatte sich alles so zum Schlechten gewendet? Es gab gar kein nächstes Jahr. Schon eine Woche später war Frank bei einem Verkehrsunfall mit Fahrerflucht getötet worden. Er war auf dem Nachhauseweg vom Lebensmittelladen gewesen, wo er eine Tüte Milch besorgt hatte.

Wir hatten so wenig Zeit, dachte Cally mit einem Kopfschütteln. Gelegentlich fragte sie sich, ob jene Monate bloß ein Traum gewesen waren. Es schien jetzt so weit zurückzuliegen.

»O come, all ye faithful, joyful and triumphant ... « »Adeste Fideles.« War es erst gestern, daß mir das Leben so viel Freude gemacht hat? überlegte Cally. Die Verwaltungsdirektorin des Krankenhauses, wo sie arbeitete, hatte gesagt: »Cally, ich habe lauter Lobeshymnen über Sie gehört. Es heißt, daß Sie die geborene Krankenschwester sind. Haben Sie je daran gedacht, eine entsprechende Ausbildung zu machen?« Dann hatte sie über mögliche Stipendien gesprochen und daß sie sich darüber kundig machen wolle.

Dieser kleine Junge, dachte Cally. O Gott, laß nicht zu, daß Jimmy ihm was tut. Ich hätte Detective Levy sofort anrufen sollen. Ich weiß, daß ich das hätte tun sollen. Wieso hab ich's dann nicht gemacht? fragte sie sich und beantwortete umgehend ihre eigene Frage: weil ich nicht nur um Brian Angst hatte. Ich hatte auch um mich selbst Angst, und das kostet Brian nun vielleicht das Leben.

Sie stand auf, um nach Gigi zu sehen. Wie gewöhnlich war es dem kleinen Mädchen gelungen, einen Fuß aus den straffgezogenen Decken herauszuarbeiten. Sie machte das jede Nacht, selbst dann, wenn es kalt im Zimmer war.

Cally steckte die Bettdecken um die Schultern ihrer Tochter fest, berührte dann den kleinen Fuß und verstaute ihn ebenfalls. Gigi regte sich. »Mommy«, sagte sie schläfrig.

»Ich bin ja bei dir.«

Cally ging ins Wohnzimmer zurück und warf einen kurzen Blick zu dem Fernsehschirm hinüber, lief dann hastig hin, um den Ton laut zu stellen. Nein! Nein! dachte sie, als sie den Berichterstatter erklären hörte, die Polizei habe jetzt die Erkenntnis gewonnen, daß der vermißte Junge von dem aus dem Gefängnis ausgebrochenen Polizistenmörder Jimmy Siddons gekidnappt worden sei. Die Polizei hält jetzt bestimmt mich für die undichte Stelle, dachte sie voller Panik. Die glauben bestimmt, ich hätte es irgendwem verraten. Ganz bestimmt werden die das glauben.

Das Telefon läutete. Als sie den Hörer abnahm und Mort Levys Stimme vernahm, brachen mit einemmal die unterdrückten Empfindungen, die ihr so festgefroren vorgekommen waren, aus ihr heraus. »Ich war's nicht«, schluchzte sie. »Ich hab's keinem gesagt. Ich schwör's, ich schwör's, daß ich's keinem gesagt habe.«

Das gleichmäßige Auf und Ab von Brians Brustkorb verriet Jimmy Siddons, daß seine Geisel schlief. Gut, dachte er, besser für mich. Das Problem war, daß der Kleine Grips hatte. Genug Grips, um zu wissen, daß er nicht riskiert hätte, überfahren zu werden, wenn es ihm gelungen wäre, sich in der Nähe des Seitenstreifens aus dem Wagen zu werfen. Wenn dieser Vollidiot nicht aus der Spur ausgeschert wäre und den Auffahrunfall verursacht hätte, wäre jetzt alles vorbei für mich, dachte Jimmy. Der kleine Kerl wäre abgehauen, und die Troopers hätten mich in Null Komma nichts am Wickel gehabt.

Es war nach elf Uhr. Der Junge mußte ja müde sein. Mit etwas Glück würde er sowieso ein paar Stunden schlafen. Selbst bei den verschneiten Straßen mußten sie in spätestens drei oder vier Stunden an der Grenze sein. Danach ist es dann noch für eine lange Zeit dunkel, dachte Jimmy mit Befriedigung. Er wußte, daß er sich auf Paige verlassen konnte und sie auf der kanadischen Seite bereits wartete. Sie hatten sich auf einen Treffpunkt im Wald etwa drei Meilen von der Zollkontrolle entfernt geeinigt.

Jimmy überlegte, wo er den Toyota am besten zurücklassen sollte. Es gab nichts, was ihn mit dem Wagen in Verbindung brachte, solange er alle Fingerabdrücke gründlich abwischte und nichts darin zurückließ, das ihn verriet. Vielleicht würde er ihn irgendwo in den Wäldern verstecken.

Auf der anderen Seite ... Er dachte an den Niagara, bei dem er die Grenze überqueren würde. Der Fluß hatte eine starke Strömung, also war die Wahrscheinlichkeit groß, daß er nicht eingefroren war. Wenn er Glück hatte, kam der Wagen vielleicht nie zum Vorschein.

Was war mit dem Jungen? Schon während er sich diese Frage stellte, wußte Jimmy, er würde auf keinen Fall das Risiko eingehen, daß man den Jungen in der Nähe der Grenze fand und er dann über ihn quatschen konnte.

Paige hatte allen ihren Freunden erzählt, daß sie nach Mexiko ginge.

Tut mir leid, Kleiner, dachte Jimmy. Dort sollen die Cops nun mal nach mir suchen.

Er überlegte eine Weile, kam dann zu dem Schluß, daß der Fluß die geeignete Lösung für das Auto *und* den Jungen war.

Nachdem er die Entscheidung gefällt hatte, spürte Jimmy, wie die Anspannung in seinem Körper etwas nachließ. Mit jeder Meile gewann er an Zuversicht, daß er es schaffen würde, daß Kanada und Paige und die Freiheit in greifbarer Nähe waren. Und mit jeder Meile war er stärker darauf versessen – und fester entschlossen –, daß ja nichts passierte, was ihm die Sache noch vermasseln konnte.

Wie beim letztenmal. Es war alles bestens vorbereitet gewesen. Er hatte Callys Auto, hundert Dollar und war auf dem Weg nach Kalifornien. Dann fuhr er bei Gelb noch auf der Ninth Avenue über eine Kreuzung und wurde angehalten. Der Cop, ein Kerl von ungefähr Dreißig, tat sich fürchterlich wichtig. Er war an die Scheibe der Fahrerseite herangekommen und hatte in äußerst sarkastischem Ton gesagt: »Führerschein und Wagenpapiere, *Sir.*«

Das war alles, was er hätte zu sehen brauchen, dachte Jimmy, einen auf den Namen James Siddons ausgestellten Führerschein, und er erinnerte sich dabei so lebhaft an diesen Augenblick, als läge er erst einen Tag zurück. Er hatte keine andere Wahl gehabt. Er wäre auf der Stelle verhaftet worden. So hatte er in seine Brusttasche gegriffen, seine Kanone gezogen und gefeuert. Noch bevor der Körper des Cops auf dem Boden aufschlug, war Jimmy aus dem Wagen und auf der Straße und hatte sich in die Menschenmenge an der Bushaltestelle gemischt. Er hatte auf das Schild mit den Abfahrtszeiten gespäht und sich schnellstens eine Fahrkarte für einen Bus geholt, der drei Minuten später losfuhr, mit dem Ziel Detroit.

Das war eine glückliche Wahl, dachte Jimmy. Schon am ersten Abend traf er dort Paige, zog bei ihr ein, besorgte sich dann einen falschen Ausweis und einen Job bei einer unbedeutenden Sicherheitsfirma. Eine Zeitlang hatten er und Paige sogar fast so etwas wie ein normales Leben geführt. Ernsthaften Streit bekamen sie nur, wenn er sich darüber aufregte, wie sie die Kerle ermunterte, die sie in dem Striptease-Lokal anmachten. Aber sie behauptete, es wäre schließlich ihr Job, sie dazu zu bringen, daß sie sie anmachen *wollten*. Zum allerersten Mal lief tatsächlich alles wie am Schnürchen. Bis er dann so blöd war, die Tankstelle zu überfallen, ohne sich genug Zeit dafür zu nehmen, sie vorher richtig auszukundschaften.

Er richtete seine Aufmerksamkeit nun wieder auf die schneebedeckte Straße vor ihm. Er konnte aus der Straßenlage des Wagens schließen, daß sich Glatteis zu bilden begann. Kurz dachte er an das Ehepaar, dem der Wagen gehörte – was hatte der Typ noch mal zu seiner Frau gesagt? Irgend so was, daß er's gar nicht erwarten könne, Bobbys Gesicht zu sehen? Ja, genau, das war's, dachte Jimmy mit einem Grinsen, als er sich ihre Mienen ausmalte, wenn sie dann dort, wo ihr Auto gestanden hatte, einen leeren Platz entdeckten oder, was wahrscheinlicher war, statt dessen einen anderen Wagen auf ihrem Parkplatz.

Er hatte das Radio angeschaltet, ließ es aber leise laufen. Es war auf einen Regionalsender eingestellt, damit er den aktuellsten Wetterbericht hören konnte, doch nun wurde der Ton schwach, und atmosphärische Störungen drangen in den Wellenbereich. Ungeduldig fummelte Jimmy an dem Knopf herum, bis er auf einen reinen Nachrichtensender stieß, erstarrte dann, als die gewichtige Stimme eines Sprechers verkündete: »Die Polizei hat, wenn auch widerwillig, die Sensationsmeldung von Radio WYME bestätigt, daß der siebenjährige Brian Dornan, der seit fünf Uhr heute nachmittag vermißt ist, in die Gewalt des mutmaßlichen Polizistenmörders Jimmy Siddons geraten ist, der, wie die Polizei annimmt, über die kanadische Grenze fliehen will.«

Mit einem wahren Schwall von Flüchen drehte Jimmy das Radio ab. Cally. Sie mußte die Cops angerufen haben. Wahrscheinlich wimmelt's auf dem Thruway schon von ihnen, und alle halten Ausschau nach mir – und nach dem Jungen, schloß er voller Panik. Er warf einen Blick nach links auf den Wagen, der ihn gerade überholte. Wahrscheinlich waren jede Menge ziviler Einsatzfahrzeuge hier in der Gegend unterwegs, dachte er.

Ganz ruhig. Bleib ganz ruhig, sagte er sich. Sie wußten nicht, was für einen Wagen er fuhr. Er würde nicht so blöd sein, zu schnell zu fahren oder, schlimmer noch, so weit unterhalb der Geschwindigkeitsbeschränkung dahinzukriechen, daß sie Verdacht schöpften.

Aber der Junge war ein Problem. Er mußte ihn sich umgehend vom Hals schaffen. Rasch durchdachte er die Situation. Er beschloß, die nächste Ausfahrt zu nehmen, sich um den Jungen zu kümmern, ihn schleunigst zu beseitigen und dann auf die Straße zurückzukehren. Er schaute auf den Jungen, der neben ihm schlief. Wirklich schade, Kleiner, aber so sieht es nun mal aus, sagte er sich.

Rechts entdeckte er ein Ausfahrtschild. Genau richtig, dachte Jimmy, die nehme ich.

Brian rührte sich, als sei er im Begriff, aufzuwachen, schlief jedoch gleich wieder ein. Im Dämmerzustand sagte er sich noch, er müsse wohl bloß geträumt haben, doch es war ihm so vorgekommen, als hätte er seinen Namen gehört.

18

Al Rhodes sah den gehetzten Ausdruck auf Catherine Dornans Gesicht, als sie die Tragweite der Nachricht erkannte, daß Brian in der Hand von Jimmy Siddons war. Er beobachtete, wie sie die Augen schloß, und bereitete sich darauf vor, sie aufzufangen, falls sie in Ohnmacht fiel.

Doch dann schlug sie gleich wieder die Augen auf und beugte sich zu ihrem älteren Sohn, um ihn zu umarmen. »Wir dürfen nicht vergessen, daß Brian die Christophorus-Medaille hat«, sagte sie leise.

Die Maske aufgesetzten Heldentums, die Michael während der ganzen Zerreißprobe dieses Abends aufrechtzuerhalten vermocht hatte, bröckelte nun sichtbar. »Ich will nicht, daß Brian was passiert«, schluchzte er.

Catherine strich ihm über den Kopf. »Ihm wird nichts passieren«, stellte sie ruhig fest. »Glaub daran, und halt dich daran fest.«

Rhodes konnte sehen, welche Anstrengung es sie kostete, zu reden. Wer zum Teufel hatte es an die Medien durchsickern lassen, daß Brian in der Gewalt von Jimmy Siddons war? fragte er sich wütend. Rhodes konnte spüren, wie es seine Faust juckte, mit diesem

Schuft Kontakt aufzunehmen, der das Leben des Jungen so gedankenlos aufs Spiel gesetzt hatte. Sein Zorn entflammte sich noch heftiger bei dem Gedanken, daß sich Siddons, falls er gerade Radio hörte, bestimmt als erstes den Jungen vom Hals schaffen würde.

Catherine sagte soeben: »Mutter, weißt du noch, wie Dad uns immer von dem Weihnachtsabend erzählt hat, als er erst zweiundzwanzig Jahre alt war und mitten in der Ardennenoffensive steckte, und wie er ein paar Soldaten aus seiner Kompanie in einen der Orte kurz hinter der Front mitnahm? Warum erzählst du Michael nicht davon?«

Ihre Mutter griff die Geschichte auf und begann, während ihr Blick in die Ferne ging: »Es war über feindliche Kampfhandlungen dort berichtet worden, doch wie sich dann herausstellte, stimmte das nicht. Auf dem Rückweg zu ihrem Bataillon kamen sie an der Dorfkirche vorbei. Die Christmette hatte gerade angefangen. Sie konnten sehen, daß die Kirche dicht gefüllt war. Inmitten all der Furcht und Gefahr hatten die Leute alle ihre Häuser für den Gottesdienst verlassen. Ihre Stimmen, die ›Stille Nacht‹ sangen, drangen bis auf den Marktplatz heraus. Dad hat gesagt, daß es das Allerschönste war, was er je gehört hat.«

Barbara Cavanaugh lächelte ihren Enkel an. »Grandpa und die anderen Soldaten gingen in die Kirche. Grandpa hat mir immer erzählt, was für eine schreckliche Angst sie alle gehabt hatten, bis sie dann den Glauben und den Mut dieser Dorfleute sahen. Diese Leute hatten sich dort eingefunden, obwohl rings um sie herum heftig gekämpft wurde. Sie hatten fast nichts zu essen. Trotzdem glaubten diese Dorfbewohner daran, daß sie diese schreckliche Zeit irgendwie durchstehen würden.«

Ihre Unterlippe bebte, aber ihre Stimme klang beherrscht, während sie weitersprach. »Grandpa hat gesagt, das war der Moment, als er *wußte*, daß er wieder zu mir heimkommen würde. Und eine Stunde später hat die Christophorus-Medaille die Kugel davon abgehalten, ihn ins Herz zu treffen.«

Catherine blickte über Michaels Kopf hinweg auf Officer Ortiz. »Könnten Sie uns jetzt zur St. Patrick's Cathedral bringen? Ich möchte in die Christmette gehen. Wir müssen irgendwo sitzen, wo Sie mich rasch finden können, falls Sie etwas Neues erfahren.«

»Ich kenne den Küster dort, Ray Hickey«, sagte Ortiz. »Ich kümmere mich drum.«

Sie schaute Detective Rhodes an. »Ich erhalte sofort Nachricht, wenn Sie auch nur irgend etwas erfahren ...?«

»Selbstverständlich.« Er konnte sich nicht verkneifen, hinzuzufügen: »Sie sind sehr tapfer, Mrs. Dornan. Und eins kann ich Ihnen versichern: Jeder Polizeibeamte im Nordosten setzt alles daran, Brian wohlbehalten zurückzubringen.«

»Das glaube ich Ihnen, und die einzige Art, wie ich Ihnen helfen kann, ist zu beten.«

»Keiner von unsern Jungs hat geplaudert«, berichtete Mort Levy seinem Chef Folney knapp. »Offenbar hat irgend so ein junger Wichtigtuer von WYME Callys Wohnung im Visier gehabt und uns reingehen sehen, hat gemerkt, daß sich was tut, und ist Aika Banks nach Hause gefolgt. Er hat ihr weisgemacht, er wäre ein Cop, und sie ausgehorcht. Er heißt Pete Cruise.«

»Verdammt gut, daß es keiner von uns war. Wenn das alles vorüber ist, ziehen wir Cruise das Fell über die Ohren, weil er sich als Polizist ausgegeben hat«, sagte Folney. »In der Zwischenzeit haben wir hier 'ne Menge zu tun.«

Er stand vor einer riesigen Landkarte des Nordostens der USA, die an der Wand seines Büros befestigt worden war. Kreuz und quer waren Routen in verschiedenen Farben darauf eingezeichnet. Folney griff nach einem Zeigestab. »Hier ist unser Ausgangspunkt, Mort. Wir müssen von der Voraussetzung ausgehen, daß Siddons einen Wagen bereitstehen hatte, als er von seiner Schwester aufbrach. Ihrer Aussage nach ist er um kurz nach sechs gegangen. Wenn wir recht haben und er sofort in ein Auto gestiegen ist, ist er jetzt seit etwa fünfeinhalb Stunden unterwegs.«

Der Stab bewegte sich weiter. »Der Bereich mit leichtem Schneefall erstreckt sich von hier in der Stadt bis etwa nach Herkimer, Ausfahrt dreißig auf dem Thruway. Stärker ist das Schneetreiben im gesamten Neuengland. Trotzdem ist Siddons vermutlich nicht mehr weiter als vier bis sechs Stunden von der Grenze entfernt.«

Folney verpaßte der Landkarte einen entschiedenen Stups. »Das heißt praktisch eine Nadel in einem Heuhaufen suchen.«

Mort wartete. Er wußte, daß der Boß keine Kommentare schätzte.

»Wir haben die Region an der Grenze in Alarmbereitschaft versetzt«, fuhr Folney fort. »Doch bei dem dichten Verkehr könnte man ihn trotzdem übersehen, und wir alle wissen, daß es jemand wie Siddons vermutlich versteht, nach Kanada reinzukommen, ohne eine Grenzkontrolle zu passieren.« Jetzt wollte er Vorschläge hören.

»Wie wäre es, wenn wir auf den größeren Straßen einen Unfall inszenierten, um etwa dreißig Kilometer vor der Grenze eine einspurige Fahrbahn zu erzwingen?« schlug Mort vor.

»Das würde ich nicht ausschließen. Aber nach dem gleichen Prinzip wie bei einer Straßensperre würde sich der Verkehr in zwei Minuten aufstauen, und Siddons würde vielleicht einfach versuchen, an der nächsten Ausfahrt rauszufahren. Falls wir nach diesem Plan vorgehen, müssen wir auch an allen Ausfahrten Sperren aufstellen.«

»Und wenn Siddons das Gefühl kriegt, er sitzt in der Falle ...?« Mort Levy zögerte. »Siddons tickt nicht sauber, Sir. Cally Hunter hält ihren Bruder für fähig, eher Brian und sich selbst umzubringen, als sich festnehmen zu lassen. Ich glaube, sie weiß, wovon sie redet.«

»Und wenn sie Mumm genug gehabt hätte, uns in der Minute anzurufen, als Jimmy mit diesem Jungen ihre Wohnung verließ, dann wäre er gar nicht erst aus Manhattan rausgekommen.«

Beide Männer drehten sich um. Jack Shore stand im Türrahmen. Er schaute an Mort Levy vorbei zu Bud Folney hinüber. »Eine neue Entwicklung, Sir. Ein State Trooper, Chris McNally, hat sich vor etwa zwanzig Minuten einen Hamburger an der Raststätte besorgt, die zwischen Syracuse, Ausfahrt neununddreißig, und

Weedsport, Ausfahrt vierzig, an der Schnellstraße liegt. Zu dem Zeitpunkt hatte er nicht groß drauf geachtet, aber die Frau am Ausgabeschalter, eine Miss Deidre Lenihan, hat was von einer Christophorus-Münze erwähnt, die irgendein Kind um den Hals hatte.«

Bud Folney schnauzte: »Wo ist diese Lenihan jetzt?«

»Ihre Schicht ging um elf zu Ende. Ihre Mutter hat erklärt, daß ihr Freund sie abholen wollte. Sie versuchen gerade, die beiden zu finden. Aber wenn Cally Hunter uns früher Bescheid gegeben hätte, dann wär das alles nicht passiert, wir hätten längst jede Raststätte von hier bis ...«

Bud Folney erhob fast nie die Stimme. Seine zunehmende Frustration über die quälenden Wendungen bei der Jagd auf Jimmy Siddons jedoch ließen ihn plötzlich losbrüllen: »Halten Sie die Klappe, Jack! Dieses ewige ›Wenn‹ hilft uns jetzt nicht weiter. Tun Sie was Sinnvolles. Lassen Sie die Radiosender in der Gegend dort eine Bitte an Deidre Lenihan durchgeben, sie möchte ihre Mutter anrufen. Sagen Sie, daß sie zu Hause gebraucht wird, oder so was. Und um Himmels willen sorgen Sie dafür, daß niemand sie mit Siddons oder dem Kind in Verbindung bringt. Kapiert?«

19

Von seinem Wachposten gleich neben der Straße behielt Chris McNally die vor ihm vorbeifahrenden Autos wachsam im Auge. Es hatte endlich aufgehört zu schneien, aber die Fahrbahn blieb eisig. Wenigstens waren die Fahrer vorsichtig, dachte er, obwohl sie vermutlich alle frustriert darüber waren, mit fünfzig Kilometer pro Stunde dahinzukriechen. Seit er sich seinen Hamburger geholt hatte, hatte er nur einem Fahrer einen Strafzettel verpaßt, einem Angeber in einem Sportwagen.

Obwohl er sich auf den Verkehrsstrom auf dem Highway konzentrierte, wollte McNally der Bericht über das vermißte Kind einfach nicht aus dem Sinn. Sofort nachdem der Fahndungsaufruf über den kleinen Jungen hereingekommen war, den ein flüchtiger Polizistenmörder als Geisel genommen hatte, einen kleinen Jungen mit einer Christophorus-Münze, hatte Chris bei dem McDonald's angerufen, wo er gerade gewesen war, und gebeten, mit Deidre Lenihan sprechen zu dürfen, der Frau, die ihn bedient hatte. Auch wenn er im Grunde nicht richtig zugehört hatte, wußte er doch noch, daß sie sich über eben solch eine Münze und einen kleinen Jungen ausgelassen hatte. Jetzt bedauerte er, daß er nicht in der Stimmung gewesen war, mit ihr zu plaudern, besonders, da man ihm nun sagte, sie sei gerade mit ihrem Freund weggegangen.

Trotz der Dürftigkeit des Tips hatte er die mögliche Spur seinem Vorgesetzten mitgeteilt, der sie daraufhin an One Police Plaza weitervermittelt hatte. Sie hatten die Sache für wichtig genug erachtet, um aktiv zu werden, und den lokalen Rundfunksender gebeten, eine Nachricht an Deidre durchzugeben, sie möge sich bei der Polizei melden. Von Deidres Mutter hatten sie sogar eine Beschreibung von dem Wagen ihres Freundes erhalten, hatten anschließend seine Zulassungsnummer besorgt und an alle Dienststellen die Anweisung erlassen, die beiden nach Möglichkeit aufzuspüren.

Deidres Mutter hatte sie jedoch ebenfalls darüber informiert, daß sie vermute, dieser Abend werde etwas ganz Besonderes für ihre Tochter werden, denn der Freund habe sie eingeweiht, sein Weihnachtsgeschenk werde ein Verlobungsring sein. So wie's aussehe, wären die beiden zur Zeit wohl nicht irgendwo unterwegs auf den Straßen, sondern schon eher an einem romantischeren Plätzchen.

Doch selbst wenn Deidre die Rundfunkdurchsage tatsächlich hörte und sich tatsächlich meldete, was konnte sie ihnen groß berichten? Daß sie einen Jungen mit einer Christophorus-Medaille gesehen hatte? Das wußten sie bereits. Ob sie wohl Typ und Modell des Fahrzeugs wußte? Hatte sie das Nummernschild gesehen? Soweit Chris sich ein Bild von Deidre machen konnte, war sie, wenn auch sicher gutherzig, so doch nicht allzu sehr auf Draht und schaute nur dann genauer hin, wenn es ihr gerade in den Sinn kam. Nein, es war unwahrscheinlich, daß sie noch irgendeine entscheidende Information beisteuern konnte.

Was Chris alles nur noch mehr frustrierte. Ich war möglicherweise selbst in der Nähe des Jungen, dachte er. Ich kann gut direkt hinter ihnen bei McDonald's in der Schlange gestanden haben – wieso ist mir nichts weiter aufgefallen?

Die Vorstellung, womöglich in der Nähe des entführten Kindes gewesen zu sein, machte ihn fast wahnsinnig. Meine Kinder liegen in diesem Moment zu Hause im Bett, dachte er. Dieser kleine Junge sollte ebenfalls bei seiner Familie sein. Das Problematische war nur, wie er sich klarmachte, als er an seine Unterhaltung mit Deidre zurückdachte, daß der Wagen mit dem kleinen Jungen dort irgendwann innerhalb weniger Minuten bis zu einer Stunde, bevor sie ihm davon erzählte, durchgekommen sein konnte. Aber es war nun mal die einzige Spur, die sie hatten, und sie mußten sie daher ernst nehmen.

Sein Funkgerät meldete sich. Es war die Zentrale. »Chris«, sagte die Frau an der Vermittlung, »der Boß will mit dir reden.«

»Logo.«

Als der Captain an den Apparat kam, klang seine Stimme dringend. »Chris, die New Yorker Polizei glaubt, daß Ihr Hinweis noch am ehesten eine Chance bedeutet, diesem Kind das Leben retten zu können. Wir machen damit weiter, die Gegend nach dieser Lenihan durchzukämmen, aber strengen Sie sich mittlerweile an, ob Ihnen nichts einfällt. Versuchen Sie sich daran zu erinnern, ob es noch irgendwas andres gab, was sie vielleicht gesagt hat, irgend etwas, was uns vielleicht weiterhilft ...«

»Ich geb mir Mühe, Sir. Ich bin zur Zeit neben dem Thruway. Wenn's Ihnen recht ist, würde ich jetzt gern nach Westen fahren. Wenn der Kerl ungefähr zur selben Zeit wie ich bei McDonald's aufgetaucht ist, dann hat er jetzt im Moment ungefähr zehn bis fünfzehn Minuten Vorsprung vor mir. Wenn ich ein bißchen aufholen kann, wäre ich wirklich gern in seiner Nähe, sobald Deidre sich meldet. Ich möchte gern dort sein, wenn wir ihn schnappen.«

»Okay, nur zu. Und, Chris, *denken Sie nach*, um Himmels willen. Sind Sie sicher, daß die Frau nicht noch was Genaueres über den Jungen mit der Christophorus-Medaille gesagt hat oder vielleicht über das Auto, in dem er war?«

Eben.

Das Wort sprang Chris förmlich an. War es nur seine Einbildung, oder hatte Deidre gesagt: *»Ich hab eben einen Jungen mit einer Christophorus-Medaille um den Hals gesehen«?*

Er schüttelte den Kopf. Er konnte sich nicht mehr genau daran erinnern. Er wußte allerdings noch, daß der Wagen vor ihm in der Warteschlange bei McDonald's ein brauner Toyota mit einem New Yorker Kennzeichen gewesen war.

Aber da war kein Kind in dem Wagen gewesen, oder jedenfalls hatte er keins gesehen. Das jedenfalls wußte er noch *genau*.

Und trotzdem ... falls Deidre gesagt hatte *»eben«*, dann meinte sie damit vielleicht wirklich den Toyota. Was war noch die Zulassungsnummer an dem Wagen gewesen? Es fiel ihm partout nicht ein. Aber irgend etwas war ihm doch daran aufgefallen. Was nur genau?

»Chris?« Die Stimme des Vorgesetzten war scharf und durchbrach erfolgreich seinen Tagtraum.

»Tut mir leid, Sir. Ich hab versucht, mich zu erinnern. Ich glaube, Deidre hat gesagt, sie hätte *›eben‹* das Kind mit der Medaille gesehen. Wenn sie das wörtlich gemeint hat, dann könnte es das Auto gewesen sein, das direkt vor mir gewartet hat. Das war ein brauner Toyota mit New Yorker Nummernschild.«

»Können Sie sich noch an irgendeinen Teil der Nummer erinnern?«

»Nein, keine blasse Ahnung. Ich war mit meinen Gedanken wahrscheinlich ganz woanders.«

»Und der Wagen, saß da mit Sicherheit ein kleiner Junge drin?«

»Ich hab keinen gesehen.«

»Das hilft nicht gerade weiter. Jeder dritte Wagen auf der Straße ist vermutlich ein Toyota, und heute abend sind die alle so schmutzig, daß man keine Farbe von der anderen unterscheiden kann. Die sehen wahrscheinlich alle braun aus.«

»Nein, dieser war definitiv braun. Soviel jedenfalls steht *fest*. Ich wünschte bloß, ich könnte mich noch daran erinnern, was Deidre genau gesagt hat.«

»Also, nun machen Sie sich nicht ganz verrückt damit. Hoffen wir mal, daß wir was von der Lenihan hören, und in der Zwischenzeit schicke ich einen der anderen Streifenwagen, um ihren Posten zu übernehmen. Fahren sie Richtung Westen. Sie hören wieder von uns.«

Wenigstens fühlt es sich so an, als würde ich was tun,

dachte Chris, während er sich abmeldete, den Zündschlüssel herumdrehte und den Fuß auf das Gaspedal drückte.

Der Streifenwagen machte einen Satz nach vorn. Eine Sache jedenfalls, die ich kann, ist Autofahren, dachte er grimmig, als er das Fahrzeug auf die Standspur lenkte und an den vorsichtigen Autofahrern vorbeizupreschen begann.

Und während er dahinfuhr, versuchte er sich weiterhin daran zu erinnern, was genau er eigentlich vor sich gesehen hatte. Es war da, in sein Bewußtsein eingeprägt, das wußte er genau. Wenn er es sich doch nur ins Gedächtnis zurückrufen könnte! Während er sich abmühte, kam es ihm vor, als versuche sein Unterbewußtsein die Information herauszuschreien. Wenn er sie doch nur hätte hören können.

In der Zwischenzeit aber warnte ihn jeder Zentimeter seines ein Meter neunzig langen Wesens, daß die Zeit für den vermißten Jungen allmählich ablief.

Jimmy war außer sich vor Wut. Bei all diesen Autos, die dahinschlichen, als säßen alte Ladies am Steuer, hatte er doch eine halbe Stunde gebraucht, um die nächste Ausfahrt zu erreichen. Jimmy wußte, daß er *jetzt* von der Schnellstraße runter mußte, damit er sich den Jungen vom Hals schaffen konnte. Ein Hinweisschild verriet ihm, daß er 800 Meter von der Ausfahrt 41 und einem Ort namens Waterloo entfernt war. Waterloo für den Jungen, dachte er mit grimmiger Befriedigung.

Der Schneefall hatte aufgehört, aber er hatte Zweifel daran, ob das gut für ihn war. Der Schneematsch begann sich in Eis zu verwandeln, und das behinderte ihn noch mehr. Darüber hinaus war es ohne den Schnee leichter für irgendwelche Cops, die vielleicht vorbeikamen, einen Blick auf ihn zu werfen.

Er wechselte zur rechten Spur hinüber. In einer Minute konnte er nun endlich den Thruway verlassen. Plötzlich leuchteten die Bremslichter an dem Wagen vor ihm auf, und Jimmy beobachtete mit wachsendem Ärger, wie das Heck dieses Wagens ausbrach. »Trottel!« brüllte Jimmy. »Trottel! Trottel! Trottel!«

Brian setzte sich auf, die Augen weit aufgerissen, hellwach. Jimmy fing zu fluchen an, stieß ein Schimpfwort nach dem anderen aus, als ihm klar wurde, was geschehen war. Ein Schneepflug vier oder fünf Wagen weiter vorne war gerade in die äußerste rechte Spur hinübergewechselt. Instinktiv lenkte Jimmy den Toyota auf die mittlere Spur und schaffte es um Haaresbreite, dem schlitternden Wagen auszuweichen. Als er anschließend den Schneepflug überholte, fuhren sie gerade an der Ausfahrt vorbei.

Er hämmerte mit der Faust auf das Steuerrad ein. Jetzt mußte er also auf die Ausfahrt 42 warten, um von der Schnellstraße runterzukommen. Wie weit war das wohl noch? fragte er sich.

Doch als er einen Blick zurück zu der Ausfahrt warf, die er eben verpaßt hatte, begriff er, daß er in Wirklichkeit Glück gehabt hatte. Sie war von einem Stau blockiert. Er mußte sich gerade gebildet haben. Deshalb wohl hatte der Schneepflug die Spur gewechselt. Hätte er selbst versucht, dort rauszufahren, wäre er womöglich für Stunden steckengeblieben.

Endlich sah er ein Zeichen, dem er entnehmen

konnte, daß es zehn Kilometer zur nächsten Ausfahrt waren. Selbst bei diesem Tempo sollte das nicht länger als eine Viertelstunde dauern. Die Reifen griffen jetzt wieder besser. Auf dieser Strecke hatte man offenbar gestreut. Jimmy tastete nach seiner Kanone unter seiner Jacke. Sollte er sie rausholen und unter dem Sitz verstecken?

Nein, entschied er. Falls ein Cop ihn anzuhalten versuchte, brauchte er sie genau dort, wo sie war. Er blickte auf den Kilometerzähler am Armaturenbrett. Er hatte ihn auf Null gestellt, als er mit dem Kind losgefahren war. Jetzt zeigte er an, daß sie knapp fünfhundert Kilometer hinter sich gebracht hatten.

Es lag noch eine weite Strecke vor ihm, aber allein schon der Gedanke, daß er so nah an der Grenze und bei Paige war, war derart aufregend, daß er ihn fast schmecken konnte. Diesmal würde er dafür sorgen, daß es klappte, und was auch immer er tat – diesmal würde er nicht so blöd sein, sich von den Cops schnappen zu lassen.

Jimmy merkte, daß sich der Junge neben ihm bewegte und offenbar wieder einzuschlafen versuchte. Was für ein Fehler! dachte er. Ich hätte ihn schon fünf Minuten, nachdem ich ihn mitgenommen hatte, beiseite schaffen sollen. Ich hatte das Auto und das Geld. Wieso bin ich nur auf die Idee gekommen, ich brauchte ihn?

Er sehnte sich nach dem Augenblick, da er das Kind endlich los und in Sicherheit war.

20

Officer Ortiz eskortierte Catherine, ihre Mutter und Michael zu dem Eingang der St. Patrick's Cathedral, der an der Fünfzigsten Straße lag. Ein draußen stationierter Wachposten erwartete sie bereits. »Wir haben in der reservierten Abteilung Plätze für sie, Ma'am«, teilte er Catherine mit, während er die schwere Tür aufstieß.

Der prachtvolle Klang des von der Orgel angeführten und von dem Chor begleiteten Orchesters strömte durch die große Kirche, die schon dicht mit Gläubigen gefüllt war.

»Freuet euch, freuet euch«, sang der Chor.

Freuet euch, freuet euch, dachte Catherine. Bitte, Gott, ja, laß es heute nacht auch so zu Ende gehen.

Sie kamen an der Krippe vorbei, wo die lebensgroßen Figuren der Jungfrau Maria, Josephs und der Hirten um das leere Heubündel versammelt waren. Catherine wußte, daß die Figur des neugeborenen Christuskindes während der Messe dort plaziert werden würde.

Der Mann vom Sicherheitsdienst führte sie zu ihren Plätzen in der zweiten Reihe am mittleren Gang. Catherine bedeutete ihrer Mutter, doch als erste hineinzugehen. Dann flüsterte sie: »Setz du dich zwischen uns, Michael.« Sie wollte außen am Rand der Reihe sitzen, damit sie sofort mitbekam, wenn die Tür aufging.

Officer Ortiz beugte sich zu ihr hinüber. »Mrs. Dornan, wenn wir irgend etwas hören, komme ich rein und hole Sie. Ansonsten aber wird der Wachmann Sie als erste hinausführen, sobald die Messe zu Ende ist, und ich erwarte Sie dann draußen im Wagen.«

»Danke«, sagte Catherine und ließ sich unmittelbar darauf auf die Knie fallen. Die Musik verwandelte sich nun in einen rauschenden Triumphgesang, während die Prozession begann – der Chor, die Meßdiener, der Diakon, die Priester und Bischöfe, gefolgt von dem Kardinal, der den Krummstab des Hirten in der Hand hielt. *Lamm Gottes*, betete Catherine, *bitte, bitte rette mein kleines Lamm.*

Bud Folney hatte seinen Blick noch immer auf die Straßenkarte an der Wand seines Büros gerichtet, wobei ihm bewußt war, daß die Chancen, Brian Dornan lebend zu finden, mit jeder weiteren Minute geringer wurden. Mort Levy und Jack Shore waren ihm gegenüber auf der anderen Seite des Schreibtischs.

»Kanada«, sagte er mit Nachdruck. »Er ist auf dem Weg nach Kanada, und er nähert sich immer mehr der Grenze.«

Sie hatten gerade wieder Nachricht aus Michigan erhalten. Paige Laronde hatte am Tag ihrer Abfahrt von Detroit all ihre Bankkonten aufgelöst. Und in einem Anfall von Siegesgewißheit hatte sie einer anderen Bartänzerin anvertraut, sie habe mit einem Typen zu tun gehabt, der ein wahres Genie im Fälschen von Ausweisen sei.

Der Aussage zufolge hatte sie verkündet: »Das kannst du mir glauben, mit diesen Papieren, wie ich sie für meinen Freund und mich aufgetrieben hab, können wir beide ganz einfach *verschwinden.*«

»Wenn Siddons es über die Grenze schafft ...«, murmelte Bud Folney eher zu sich selbst als zu den anderen.

»Noch nichts von den State Troopers?« fragte er zum drittenmal innerhalb einer Viertelstunde.

»Nichts, Sir«, entgegnete Mort verhalten.

»Rufen Sie noch mal an. Ich will selbst mit denen reden.«

Als er Chris McNallys Vorgesetzten an der Strippe hatte und mit seinen eigenen Ohren hörte, daß sich absolut nichts Neues ergeben habe, entschied er, daß er selbst mit Trooper McNally sprechen wollte.

»Das wird echt was bringen«, brummte Jack Shore zu Mort Levy.

Doch noch ehe Folney mit McNally verbunden werden konnte, kam ein anderer Anruf herein. »Heiße Spur«, verkündete eine Mitarbeiterin, die in Folneys Büro hereinplatzte. »Ungefähr vor einer Stunde hat ein Trooper Siddons und das Kind an einer Raststätte an der Route einundneunzig in Vermont in der Nähe der White River Junction gesichtet. Er sagt, daß Siddons' Beschreibung haargenau auf den Mann paßt und daß der Junge irgendeine Art Medaille umhängen hatte.«

»Vergessen Sie McNally«, sagte Folney energisch. »Ich will mit dem Trooper reden, der die beiden gesehen hat. Und rufen Sie jetzt sofort die Polizei von Vermont an, sie sollen an allen Ausfahrten nördlich von der Stelle, wo sie gesichtet wurden, Straßensperren errichten. Kann schließlich genausogut sein, daß die Freundin sich auf dieser Seite der Grenze in ein Bauernhaus verkrochen hat und dort auf ihn wartet.«

Während Folney wartete, blickte er auf Mort. »Rufen Sie Cally Hunter an, und sagen Sie ihr, was wir eben erfahren haben. Fragen Sie sie, ob sie weiß, ob Jimmy je in Vermont war und, falls ja, wohin er dann gefahren ist. Es könnte ja irgendeinen ganz speziellen Ort geben, den er sich zum Ziel genommen hat.«

21

Brian merkte deutlich, daß das Auto jetzt schneller fuhr. Er schlug die Augen auf, schloß sie jedoch so schnell wie möglich wieder. Es war leichter, auf dem Sitz zusammengekauert liegenzubleiben und so zu tun, als ob er schliefe, anstatt gezwungen zu sein, sich keine Angst anmerken zu lassen, wenn Jimmy ihn anschaute.

Er hörte auch zu, was im Radio kam. Obwohl es ganz leise gestellt war, konnte er doch verfolgen, was berichtet wurde, daß nämlich der Polizistenmörder Jimmy Siddons, der einen Gefängnisaufseher angeschossen hatte, Brian Dornan gekidnappt habe.

Seine Mutter hatte ihm und Michael einmal ein Buch mit dem Titel *Gekidnappt* vorgelesen. Brian hatte die Geschichte riesig gefallen, als sie dann aber schlafen gingen, sagte Michael zu ihm, er fände sie doof. Er behauptete, wenn irgendwer versuchen würde, ihn zu kidnappen, dann würde er den Kerl einfach treten und ihm eine reinhauen und weglaufen.

Bloß, ich kann nicht weglaufen, dachte Brian. Und er war sicher, daß der Versuch, Jimmy eine reinzuhauen, nicht funktionieren würde. Er wünschte, es wäre ihm vorhin geglückt, die Wagentür aufzustoßen und sich hinausrollen zu lassen, wie er es vorgehabt hatte. Er hätte sich einfach zu einem Ball zusammengekauert, wie sie es den Kindern im Turnunterricht beibrachten. Ihm wäre schon nichts passiert.

Jetzt aber war die Wagentür auf seiner Seite verriegelt, und er wußte, daß Jimmy schon nach ihm grapschen würde, bevor er auch nur den Knopf hochziehen und die Tür aufmachen konnte.

Brian weinte nun beinahe. Er spürte, wie seine Nase sich verstopft anfühlte und seine Augen wäßrig wurden. Er versuchte daran zu denken, wie Michael ihn jetzt wohl Heulsuse nennen würde. Manchmal half ihm das, wenn er sich bemühte, nicht zu heulen.

Doch jetzt half es überhaupt nicht. Sogar Michael würde wahrscheinlich heulen, wenn er Angst hätte und wenn er schon wieder aufs Klo müßte. Und im Radio hatten sie ja gesagt, daß Jimmy gefährlich war.

Aber obwohl er nun weinen mußte, achtete Brian darauf, keinen Laut von sich zu geben. Er spürte die Tränen auf seinen Wangen, aber er machte keine Bewegung, um sie wegzuwischen. Hätte er seine Hand bewegt, dann hätte Jimmy es bemerkt und gewußt, daß er wach war, und vorläufig mußte er sich weiterhin schlafend stellen.

Statt dessen umklammerte er die Christophorus-Medaille um so fester und richtete seine Gedanken darauf, wie es sein würde, wenn Dad wieder nach Hause durfte und sie dann ihren eigenen Weihnachtsbaum aufstellten und die Geschenke aufmachten. Unmittelbar bevor sie nach New York aufgebrochen waren, hatte Mrs. Emerson, die Frau von nebenan, noch vorbeigeschaut, um auf Wiedersehen zu sagen, und er hatte sie zu seiner Mom sagen hören: »Catherine, ganz egal, wann es soweit ist, aber an dem Abend, wenn ihr euren Christbaum aufstellt, kommen wir jedenfalls alle rüber und singen Weihnachtslieder unter eurem Fenster.«

Dann hatte sie Brian umarmt und gesagt: »Ich *weiß*, was dein Lieblingslied ist.«

»Stille Nacht.« Er hatte es letztes Jahr in der Schule bei der Weihnachtsfeier der ersten Klasse ganz alleine gesungen.

Brian versuchte es sich jetzt selbst vorzusingen, nur in seinem Kopf ..., aber er kam einfach nicht über »Stille Nacht« hinaus. Wenn er nämlich weiterhin daran dachte, dann würde es ihm bestimmt nicht mehr gelingen, vor Jimmy zu verbergen, daß er weinte.

Dann schreckte er beinahe heftig auf. Jemand im Radio redete eben wieder über Jimmy und ihn. Der Mann sagte, ein State Trooper aus Vermont sei überzeugt, Jimmy Siddons und einen kleinen Jungen in einem alten Dodge oder Chevrolet an einer Raststätte an der Route 91 in Vermont gesehen zu haben, und daß man jetzt die Suche in der Gegend konzentrieren werde.

Jimmys schadenfrohes Lächeln schwand so schnell, wie es gekommen war. Die erste Welle der Erleichterung auf die Nachrichtendurchsage hin wich sofort neuer Skepsis. *Hatte* denn irgendein Tropf behauptet, er hätte sie in Vermont gesehen? fragte er sich. Es war immerhin möglich, entschied er. Als er sich damals in Michigan versteckt hielt, schwor irgendein Nichtsnutz von Herumtreiber darauf, er hätte Jimmy in Delaware gesehen. Nachdem er dann bei dem Tankstellenüberfall erwischt und wieder nach New York zurückgeschafft worden war, fand er heraus, daß die Marshalls noch monatelang in Delaware nach ihm gefahndet hatten.

Aber wie auch immer, die Fahrerei auf der Schnellstraße wurde ihm allmählich unheimlich. Die Straße war gut, und er sparte Zeit, aber je näher man der Grenze kam, um so mehr Troopers waren hier zu erwarten. Er beschloß, zur Route 20 hinüberzuwechseln, sobald er bei der nächsten Abzweigung rausgefahren und den Jungen losgeworden war. Jetzt, wo es nicht mehr schneite, sollte er dort eigentlich ebensogut vorankommen können.

Folge deiner inneren Stimme, sagte sich Jimmy im stillen. Das einzige Mal, als er es nicht getan hatte, war damals gewesen, als er den Tankstellenüberfall unternahm. Er konnte sich noch gut erinnern, wie ihn damals eine Eingebung gewarnt hatte, daß irgend etwas faul war.

Nun ja, wenn das erst vorbei ist, gibt's keinen Ärger mehr, dachte er mit einem Blick zu Brian hinunter. Als er dann wieder aufschaute, mußte er grinsen. Das Schild, das gerade vor ihm aufleuchtete, lautete: AUSFAHRT 42, GENEVA, NOCH 1500 METER.

Chris McNally war an dem Auffahrunfall an der Ausfahrt 41 vorbeigefahren. Zwei Polizeiwagen waren bereits zur Stelle, weshalb er zu dem Schluß kam, es sei nicht nötig für ihn, anzuhalten. Er war schnell gefahren und hoffte daher, irgendwelche Wagen, die direkt vor ihm bei McDonald's gestanden hatten, mittlerweile eingeholt zu haben.

Vorausgesetzt natürlich, daß sie nicht eine der hinter ihm liegenden Ausfahrten genommen hatten.

Ein brauner Toyota. Das war es, wonach er hartnäckig die Augen offenhielt. Ihn zu finden, war die einzige Chance. Das wußte er. Was war nur mit dem Kennzeichen gewesen? Er knirschte mit den Zähnen, als er wieder einmal angestrengt versuchte, sich zu erinnern. Da war doch etwas Besonderes daran gewesen ... Denk nach, verflucht, sagte er sich, *denk nach*.

Er glaubte keine Sekunde an den Bericht, daß Siddons und der Kleine in Vermont gesichtet worden seien. All seine Instinkte sagten Chris, daß die beiden hier in der Nähe waren.

Ausfahrt 42 nach Geneva lag nicht weit vor ihm. Das bedeutete, daß es nur noch etwa hundertsechzig Kilometer bis zur Grenze waren. Die meisten der Wagen fuhren jetzt zwischen achtzig und hundert Kilometer pro Stunde. Wenn Jimmy Siddons hier in der Nähe war, dann konnte er sich schon darauf freuen, in weniger als zwei Stunden das Land verlassen zu haben.

Was hatte es mit dem Zulassungsschild an dem Toyota bloß auf sich? fragte er sich aufs neue.

Chris kniff plötzlich die Augen zusammen. Er konnte auf der Überholspur einen dunklen Toyota sehen, der ziemlich schnell fuhr. Chris wechselte die Spur, fuhr auf die gleiche Höhe und warf einen Blick hinein. Er betete, es möge ein einzelner Mann oder ein Mann mit einem kleinen Jungen darin sitzen. Bloß eine Chance, dieses Kind zu finden. Gib mir eine Chance, betete er.

Ohne seine Sirene oder sein Warnlicht anzustellen, fuhr Chris an dem Toyota vorbei. Er hatte ein junges

Paar in dem Wagen ausmachen können. Der junge Mann saß am Steuer und hatte einen Arm um das junge Mädchen gelegt, nicht gerade klug bei eisglatter Fahrbahn. Zu einem anderen Zeitpunkt hätte er ihn an den Straßenrand gewinkt.

Chris gab Gas. Die Straße war jetzt übersichtlicher, der Verkehr besser verteilt. Doch alles bewegte sich auch immer schneller voran, kam Kanada immer näher.

Sein Funkgerät war leise gestellt, als ein Anruf für ihn hereinkam. »Officer McNally?«

»Ja.«

»Hier Bud Folney, New York, One Police Plaza. Ich habe gerade noch mal mit Ihrem Vorgesetzten gesprochen. Die Meldung aus Vermont war ein Reinfall. Die Lenihan ist nicht aufzufinden. Sagen Sie mir, was Sie da vorhin über einen braunen Toyota berichtet haben.«

Da sein Boß dies, wie er wußte, bereits ad acta gelegt hatte, merkte Chris, daß dieser Folney wirklich ernsthaft auf ihn setzte.

Er erklärte, Deidre müsse von einem braunen Toyota mit einem New Yorker Nummernschild gesprochen haben, falls sie den Wagen gemeint hatte, der direkt vor ihm bei McDonald's in der Reihe stand.

»Und Sie können sich nicht an die Nummer erinnern.«

»Nein, Sir.« Chris hätte die beiden Wörter am liebsten heruntergewürgt. »Aber irgendwas daran war ungewöhnlich.«

Er war jetzt fast an der Ausfahrt 42 angekommen. Direkt vor seinen Augen wechselte plötzlich ein Fahrzeug, das zwei Wagen weiter vorne lag, in die äußerste rechte Spur hinüber. McNallys beiläufiger Blick verwandelte sich in ein Starren. »Mein Gott«, sagte er.

»Officer? Was ist los?« In New York wußte Bud Folney instinktiv, daß gerade etwas Entscheidendes passierte.

»*Das ist es*«, sagte Chris. »Es war gar nicht das Nummernschild, was mir aufgefallen war. Es war der Aufkleber. Da ist bloß noch ein Stück übrig, und da steht *Erbschaft* drauf. Sir, ich folge im Moment dem Toyota die Ausfahrt hinunter. Können Sie das Nummernschild überprüfen lassen?«

»Verlieren Sie diesen Wagen ja nicht aus den Augen«, sagte Bud barsch. »Und bleiben Sie dran.«

Drei Minuten später läutete in der Wohnung 8C, Stuyvesant Oval 10, im Süden Manhattans, das Telefon. Ein verschlafener und beunruhigter Edward Hillson nahm den Hörer ab. »Hallo«, sagte er. Er spürte, wie seine Frau ihn nervös am Arm packte.

»Was? Mein Auto? Ich hab's so etwa gegen fünf um die Ecke rum geparkt. Nein, ich hab's niemand geliehen. Ja. Es ist ein brauner Toyota. Was erzählen Sie mir da?«

Bud Folney meldete sich wieder bei Chris. »Ich glaube, Sie haben ihn, aber um Himmels willen denken Sie dran, er hat gedroht, das Kind umzubringen, bevor er sich schnappen läßt. Also seien Sie vorsichtig.«

22

Michael war so schläfrig. Am liebsten hätte er sich an Gran angelehnt und die Augen geschlossen. Aber das konnte er noch nicht tun, nicht bevor er bestimmt wußte, daß Brian wohlauf war. Michael kämpfte hart gegen seine wachsende Furcht an. Warum hat er mich nicht einfach gepackt, als er diese Lady Moms Portemonnaie aufheben sah? Ich hätte hinter ihr herrennen und ihm helfen können, als dieser Kerl ihn erwischt hat.

Der Kardinal stand jetzt am Altar. Doch als die Musik aufhörte, begann er nicht etwa die Messe zu zelebrieren, sondern erhob das Wort. »In dieser Nacht der Freude und Hoffnung ...«

Rechts im Hintergrund konnte Michael die Fernsehkameras sehen. Er hatte sich immer vorgestellt, wie toll es wäre, ins Fernsehen zu kommen, doch immer, wenn er es sich genauer ausgemalt hatte, war es dabei um eine Situation gegangen, bei der man irgend etwas gewann oder ein großartiges Ereignis miterlebte. Das hätte Spaß gemacht. Heute nacht aber machte es überhaupt keinen Spaß, als er und Mom im Fernsehen waren.

Es war furchtbar, mit anzuhören, wie Mom die

Leute anbettelte, sie sollten ihr helfen, Brian zu finden.

»... in einem Jahr, das so viel Gewalttätigkeit gegen unschuldige Menschen mit sich gebracht hat ...«

Michael setzte sich gerade hin. Der Kardinal sprach jetzt über sie, darüber, daß Dad krank war und daß Brian vermißt war und, wie man annehmen mußte, in der Gewalt dieses aus dem Gefängnis ausgebrochenen Mörders. Er sagte gerade: »Brian Dornans Mutter, Großmutter und zehnjähriger Bruder sind hier mit uns in der Messe. Lasset uns ganz besonders darum beten, daß Dr. Thomas Dornan wieder vollkommen gesund wird und daß Brian wohlbehalten aufgefunden wird.«

Michael konnte sehen, daß Mom und Gran beide weinten. Ihre Lippen bewegten sich, und er wußte, daß sie beteten. Sein eigenes Gebet war der Rat, den er Brian gegeben hätte, wenn der ihn nur hätte hören können: *Lauf, Brian, lauf.*

Jetzt, da er von der Schnellstraße runter war, empfand Jimmy eine gewisse Erleichterung, trotz des nagenden Gefühls, daß seine Lage immer brenzliger wurde.

Er hatte nicht mehr viel Benzin, fürchtete aber das Risiko, mit dem Kind im Wagen an einer Tankstelle anzuhalten. Er fuhr jetzt auf der Route 14 Richtung Süden. In etwa zehn Kilometern stieß sie auf die Route 20. Die Route 20 wiederum führte nach Westen zur Grenze.

Hier war wesentlich weniger Verkehr als auf der Schnellstraße. Die meisten Leute waren jetzt sowieso schon zu Hause, schliefen entweder oder trafen noch letzte Vorbereitungen für den Weihnachtsmorgen. Es war unwahrscheinlich, daß hier irgend jemand nach ihm Ausschau hielt. Trotzdem aber, folgerte er, war es am besten, wenn er nach Geneva hineinfuhr, beispielsweise eine Schule ausfindig machte, wo es einen Parkplatz gab, oder wenn er ein Waldgebiet fand, jedenfalls einen Platz, wo er, ohne gesehen zu werden, anhalten und das erledigen konnte, was er erledigen mußte.

Als er bei der nächsten Gelegenheit nach rechts abbog, warf er einen Blick in den Rückspiegel. Seine Nackenhaare stellten sich auf. Es war ihm so vorgekommen, als hätte er Scheinwerfer gesehen, als er um die Kurve fuhr, nun jedoch konnte er sie nicht mehr entdecken.

Ich sehe allmählich Gespenster, dachte er.

Einen Straßenblock weiter schien es ihm plötzlich, als sei er über den Rand der Erde gefahren. Soweit er sehen konnte, waren keine Autos mehr vor ihm. Er war jetzt in einem Wohngebiet, das ruhig und dunkel dalag. Die Häuser waren überwiegend unbeleuchtet, bis auf einige, bei denen noch an Büschen und Nadelbäumen auf dem schneebedeckten Rasen Christbaumlichter glühten.

Er konnte sich nicht sicher sein, ob der Junge wirklich schlief oder sich nur schlafend stellte. Nicht, daß es einen Unterschied gemacht hätte. Das hier war die Art von Gegend, wie er sie brauchte. Er fuhr noch sechs Querstraßen weiter und sah dann das, wonach er suchte: eine Schule mit einer langen Einfahrt, die mit Sicherheit zu einem Parkplatz führte.

Seinen Augen entging nichts, als er sorgsam alles im

Umkreis nach einem sich nähernden Fahrzeug oder einem Fußgänger absuchte. Dann brachte er den Wagen zum Stehen und ließ das Seitenfenster halb herunter, um angespannt auf irgendein Zeichen nahenden Unheils zu lauschen. Die Kälte verwandelte seinen Atem umgehend in Dampf. Er vermochte nichts außer dem Summen des Toyota-Motors zu hören. Es war ruhig hier. Absolute Stille.

Trotzdem beschloß er, noch einmal um den Block zu fahren, nur um sicherzugehen, daß ihm niemand auf den Fersen war.

Während er auf das Gaspedal trat und der Wagen langsam ins Rollen kam, hielt er den Blick auf den Rückspiegel fixiert. Verdammt. Er hatte recht gehabt. Da *war* ein Auto hinter ihm, das mit ausgeschalteten Scheinwerfern fuhr. Jetzt bewegte es sich ebenfalls weiter. Das Licht von einem strahlend beleuchteten Baum spiegelte sich in dem Aufsatz auf dem Wagendach.

Ein Streifenwagen. Cops! Verdammte Bande, fluchte Jimmy leise. Verdammte Bande! Verdammte Bande! Er trat das Gaspedal bis zum Anschlag durch. Es war vielleicht seine letzte Fahrt, aber er würde sich teuer verkaufen.

Er blickte auf Brian hinunter. »Hör auf, Theater zu spielen. Ich weiß, daß du wach bist«, schrie er. »Setz dich hin, verdammter Kerl! Ich hätte dich loswerden sollen, sobald ich aus der Stadt raus war. Verfluchter Bengel.«

Jimmy gab immer noch Vollgas. Ein rascher Blick in den Rückspiegel bestätigte, daß der Wagen, der hinter ihm war, ebenfalls beschleunigt hatte und ihn jetzt ganz offen verfolgte. Immerhin schien bis jetzt bloß einer von ihnen dazusein.

Eindeutig hatte Cally die Cops informiert, daß er den Jungen bei sich hatte, überlegte er. Sie hatte ihnen wahrscheinlich auch gesteckt, daß er gesagt hatte, er werde den Kleinen umlegen, falls sie ihm auf die Pelle rückten. Wenn das dieser Cop hinter ihm wußte, dann war das die Erklärung dafür, weshalb er ihn nicht jetzt schon anzuhalten versuchte.

Er warf einen Blick auf den Tacho: achtzig ... bald hundert ... hundertzehn. Dieses verfluchte Auto! dachte Jimmy, der sich nun dringend wünschte, er hätte einen stärkeren Wagen als einen Toyota zur Verfügung. Er kauerte sich über das Steuerrad. Er konnte denen nicht davonbrausen, aber er hatte vielleicht immer noch eine Chance zu entkommen.

Der Typ, der ihn jagte, hatte noch keine Verstärkung. Was würde er tun, wenn er sah, daß auf das Kind geschossen und es dann aus dem Wagen gestoßen wurde? Er würde anhalten und versuchen, ihm zu helfen, überlegte Jimmy. Dann tu ich es lieber sofort, dachte er, bevor er Zeit hat, Hilfe zu holen.

Er griff in die Jacke nach seiner Pistole. Genau in diesem Moment geriet der Wagen auf ein Stück Glatteis und fing an zu rutschen. Jimmy ließ die Pistole auf seinen Schoß fallen, drehte das Steuerrad in die Richtung, in die der Wagen rutschte, und bekam ihn gerade wieder in den Griff, Zentimeter, bevor er gegen einen Baum am Rand des Bürgersteigs gekracht wäre.

Keiner kann so fahren wie ich, dachte er zähneknirschend. Dann griff er wieder nach der Pistole und entsicherte sie. Wenn der Cop wegen des Kindes anhält, dann schaff ich's auch noch bis Kanada, nahm er sich eisern vor. Er entriegelte die Sperre an der Beifahrertür und griff an dem verängstigen Jungen vorbei, um die Tür zu öffnen.

23

Cally wußte, daß sie unbedingt die Einsatzzentrale anrufen mußte, um herauszufinden, ob man irgend etwas über den kleinen Brian in Erfahrung gebracht hatte. Sie hatte Detective Levy wissen lassen, daß Jimmy ihrer Meinung nach sicher nicht versuchen würde, Kanada über Vermont zu erreichen. »Er ist dort oben in Schwierigkeiten geraten, als er ungefähr fünfzehn war«, hatte sie gesagt. »Er war zwar da nie im Gefängnis, aber ich glaube, irgendein Sheriff hat Jimmy eine Heidenangst eingejagt. Er hat zu ihm gesagt, er habe ein gutes Gedächtnis, und hat ihn gewarnt, sich ja nie wieder in Vermont blicken zu lassen. Auch wenn das jetzt schon mindestens zehn Jahre her ist, Jimmy ist abergläubisch. Ich glaube, er würde sich an den Thruway halten. Ich weiß, daß er zweimal als Teenager nach Kanada gefahren ist, und da hat er beide Male diesen Weg genommen.«

Levy hatte ihr zugehört. Sie wußte, daß er ihr Glauben schenken wollte, und sie hoffte inständig, daß er es diesmal getan hatte. Und ebenso betete sie darum, daß sie recht hatte und daß die Polizei den Jungen heil zurückbringen würde, damit sie sich sagen konnte, daß sie doch ein klein wenig geholfen hatte.

Jemand anders als Levy meldete sich am Telefon, und sie wurde gebeten zu warten. Dann kam Levy an den Apparat. »Was gibt es denn, Cally?«

»Ich mußte einfach wissen, ob es schon etwas Neues gibt ... Ich hab wirklich gebetet, daß das, was ich Ihnen über Jimmy und den Thruway erzählt habe, eine Hilfe für Sie war.«

Levys Stimme wurde weicher, wenn er auch weiterhin schnell sprach. »Cally, es hat uns wirklich geholfen, und wir sind Ihnen sehr dankbar. Ich kann jetzt nicht reden, aber sprechen Sie Ihre Gebete weiter, egal, was für welche Sie kennen.«

Das heißt, daß sie wissen, wo Jimmy jetzt ist, dachte sie. Aber was war bloß mit Brian?

Cally sank auf die Knie. *Es ist gleichgültig, was mit mir passiert,* betete sie. *Halte Jimmy zurück, bevor er dem Kind etwas antut.*

Chris McNally hatte es sofort gewußt, als Jimmy ihn entdeckte. Die Funkverbindung zwischen ihm und seinem Revier blieb bestehen und war auch an die Einsatzzentrale in One Police Plaza in Manhattan angekoppelt. »Er weiß, daß ich ihm folge«, berichtete Chris knapp. »Er rast davon, als wär der Teufel hinter ihm her.«

»Verlieren Sie ihn nicht«, sagte Bud Folney ruhig.

»Wir haben ein Dutzend Wagen losgeschickt, Chris«, erklärte die Frau an der Vermittlung hastig. »Sie fahren leise und mit abgeschalteten Scheinwerfern. Sie bilden einen Kreis um Sie. Wir setzen auch einen Hubschrauber ein.«

»Haltet die bloß außer Sichtweite!« Chris gab stärker Gas. »Er fährt jetzt hundertzehn. Es sind nicht viele Autos unterwegs, aber die Straßen sind nicht vollkommen frei. Die Sache hier fängt an, gefährlich zu werden.«

Als Siddons über eine Kreuzung raste, beobachtete Chris voller Entsetzen, wie er nur mit knapper Not einen Zusammenstoß mit einem anderen Wagen vermied. Siddons fuhr wie ein Besessener. Das würde bestimmt noch zu einem Unfall führen, das wußte er. »Überqueren gerade die Lakewood Avenue«, gab er durch. Zwei Blocks weiter sah er, wie der Toyota ins Schleudern geriet und fast an einen Baum prallte. Eine Minute später schrie er auf: »Der Junge!«

»Was ist denn?« wollte Folney wissen.

»Die Beifahrertür von dem Toyota ist grade aufgegangen. Das Licht drinnen ist an, und ich kann sehen, wie der Kleine sich wehrt. O Gott… Siddons hat seine Pistole in der Hand. Es sieht so aus, als ob er ihn erschießen will.«

24

»Kyrie eleison«, sang der Chor.

Herr, erbarme dich, betete Barbara Cavanaugh.

Rette mein Lamm, flehte Catherine.

Lauf, Blödmann, lauf, renn weg von ihm, schrie Michael im Geist.

Jimmy Siddons war verrückt. Brian war noch nie zuvor in einem Auto gesessen, das so schnell fuhr. Er wußte nicht genau, was eigentlich vor sich ging, aber irgend jemand mußte hinter ihnen her sein.

Brian wandte für einen Augenblick die Augen von der Straße ab und blickte flüchtig zu Jimmy hinüber. Er hatte seine Pistole draußen. Er spürte, wie Jimmy an seinem Sicherheitsgurt herumzupfte und ihn losmachte. Dann langte er an Brian vorbei und öffnete die Tür neben ihm. Er merkte, wie die kalte Luft hereinströmte.

Für einen Augenblick war er wie gelähmt vor Entsetzen. Dann setzte er sich sehr aufrecht hin. Er begriff, was kurz bevorstand. Daß Jimmy ihn erschießen und dann zum Wagen hinausstoßen würde.

Er mußte unbedingt verschwinden. Mit der rechten Hand umklammerte er immer noch die Christophorus-Medaille. Er spürte, wie Jimmy ihn mit der Pistole in die Seite stieß und damit näher auf die offene Tür zu schob und zu der Fahrbahn hin, die unter ihnen vorbeisauste. Während er sich mit der Linken an der Gurtverankerung festhielt, holte Brian mit der Rechten blindlings aus. Die Münze beschrieb einen Bogen, landete hart in Jimmys Gesicht und erwischte ihn am linken Auge.

Jimmy brüllte auf, nahm seine Hand vom Steuerrad und trat gleichzeitig instinktiv auf die Bremse. Als er sich ans Auge faßte, ging die Pistole los. Die Kugel pfiff an Brians Ohr vorbei, während der außer Kontrolle dahintrudelnde Wagen ins Schleudern geriet. Er schob sich über den Randstein, fuhr auf einen Vorgarten hinauf und verhakte sich in einen Busch. Noch immer schlitternd, verlangsamte sich das Fahrzeug, als es jetzt den Busch über den Rasen und zurück auf die Straße mitschleifte.

Jimmy, der mit der einen Hand wieder das Steuerrad hielt und mit der anderen erneut die Pistole auf Brian richtete, fluchte jetzt lauthals. Von einer klaffenden Schnittwunde quer über seiner Stirn und Wange tropfte ihm Blut ins Auge.

Hau ab. Hau ab. Brian hörte den Befehl in seinem Kopf, als würde wirklich jemand auf ihn einschreien. Er warf sich in Richtung Tür und ließ sich genau in dem Moment auf den schneebedeckten Rasen rollen, als eine zweite Kugel über seine Schulter hinwegflog.

»Himmelherrgott, der Junge ist aus dem Wagen gesprungen«, schrie Chris. Er machte eine Vollbremsung und rutschte, bis er hinter dem Toyota zum Stehen kam. »Er steht auf. O mein Gott.«

Bud Folney rief erregt: »Ist er verletzt?«, aber Chris hörte ihn nicht. Er war schon aus dem Wagen draußen und rannte auf den Jungen zu. Siddons hatte den Toyota wieder unter Kontrolle und wendete, offenbar mit der Absicht, Brian zu überfahren. In einer Zeitspanne, die ihm ewig vorkam, in Wirklichkeit aber nur Sekunden dauerte, hatte Chris den Zwischenraum bis zu Brian hin durchmessen und nahm den Jungen in seine Arme.

Der Wagen raste auf sie zu, mit noch immer aufstehender, hin und her pendelnder Beifahrertür und erleuchtetem Innenraum, so daß die fanatische Wut auf Jimmy Siddons' Gesicht deutlich zu erkennen war. Mit festem Griff zog Chris Brian eng an sich, warf sich kraftvoll zur Seite und rollte einen verschneiten Abhang hinunter, gerade als die Räder des Toyota Zentimeter von ihren Köpfen entfernt vorbeisausten. Eine Sekunde später ertönte das scheußliche Geräusch von krachendem Metall und zerbrechendem Glas, als der Wagen von der Veranda des Hauses vor ihnen zurückprallte und mit Getöse auf dem Dach landete.

Eine Weile blieb alles still – dann wurde die Stille abrupt unterbrochen, als Sirenen aufheulten und zu kreischen begannen. Die Scheinwerfer von einem Dutzend Streifenwagen erhellten die Nacht, als ein Schwarm von State Troopers angerast kam, die das umgekippte Fahrzeug umzingelten. Chris lag ein paar Sekunden lang im Schnee und hielt Brian ganz fest, während er den näherkommenden Geräuschen lauschte. Dann hörte er eine leise, erleichterte Stimme fragen: »Bist du der heilige Christophorus?«

»Nein, aber im Moment fühle ich mich wie er, Brian«, sagte Chris freundlich. »Fröhliche Weihnachten, mein Sohn.«

25

Officer Ortiz huschte geräuschlos durch den Seiteneingang der Kathedrale und erregte sofort Catherines Aufmerksamkeit. Er lächelte und nickte. Sie sprang auf und lief auf ihn zu.

»Ist er ...«

»Er ist wohlauf. Sie schicken ihn mit einem Polizeihubschrauber zurück. Er wird hier sein, bevor die Messe vorbei ist.«

Als er bemerkte, daß eine der Fernsehkameras auf sie beide gerichtet war, hob Ortiz die Hand hoch und formte mit Daumen und Zeigefinger einen Kreis zum Symbol dafür, daß jetzt in diesem Augenblick, an diesem ganz besonderen Tag, alles in bester Ordnung war.

Die Leute, die in der Nähe saßen, bekamen den Austausch mit und fingen leise an zu klatschen. Als sich andere nach ihnen umdrehten, erhoben sie sich, und langsam begann Applaus durch die riesige Kirche zu rauschen. Es dauerte geschlagene fünf Minuten, bis der Diakon endlich dazu ansetzen konnte, das Weihnachtsevangelium zu lesen: »Es begab sich aber zu der Zeit ...«

»Ich will jetzt los und Cally Bescheid geben, was vorgefallen ist«, sagte Mort Levy zu Bud Folney. »Sir, ich weiß zwar, sie hätte uns schon früher anrufen sollen, aber ich hoffe ...«

»Keine Bange. Heute nacht spiele ich nicht den geizigen Mr. Scrooge. Cally hat mit uns zusammengearbeitet. Sie hat eine zweite Chance verdient«, erwiderte Folney energisch. »Außerdem hat Mrs. Dornan schon gesagt, daß sie keine Anzeige gegen sie erstattet.« Er schwieg einen Moment und dachte nach. »Hören Sie, da müssen doch noch ein paar Spielsachen auf den verschiedenen Revieren übrig sein. Geben Sie den Leuten Bescheid, sie sollen sich dranmachen und ein paar Sachen für Callys kleine Tochter zusammensuchen. Sagen Sie ihnen, sie sollen uns in einer Dreiviertelstunde vor Callys Mietshaus treffen. Mort, Sie und ich, wir gehen hin und überreichen sie ihr. Shore, Sie gehen nach Hause.«

Es war Brians erster Hubschrauberflug, und obwohl er unglaublich müde war, war er viel zu aufgeregt, um auch nur daran zu denken, die Augen zu schließen. Er fand es schade, daß Officer McNally – Chris sollte er ihn nennen, hatte er gesagt – ihn nicht begleiten konnte. Aber er war an Brians Seite gewesen, als sie Jimmy Siddons abführten, und er hatte zu ihm gesagt, er solle sich mal keine Sorgen machen, weil das ein Kerl sei, der nie mehr aus dem Gefängnis rauskommen werde. Und dann hatte er für Brian die Christophorus-Medaille aus dem Auto geholt.

Als der Hubschrauber zur Landung ansetzte, sah es beinahe so aus, als würde er auf den Fluß niedergehen. Brian erkannte die Brücke an der Neunundfünfzigsten

Straße und die Bimmelbahn auf Roosevelt Island. Sein Dad hatte ihn mal zu einer Fahrt darin mitgenommen. Plötzlich machte er sich Gedanken, ob sein Vater überhaupt wußte, was mit ihm passiert war.

Er wandte sich an einen der Polizisten. »Mein Dad ist im Krankenhaus hier in der Nähe. Ich muß hin, um ihn zu besuchen. Er macht sich vielleicht Sorgen.«

Der Polizeibeamte, der mittlerweile mit der Geschichte der ganzen Familie Dornan vertraut war, sagte: »Du bekommst ihn bald zu sehen, mein Junge. Aber fürs erste wartet deine Mutter auf dich. Sie ist in der Christmette in der St. Patrick's Cathedral.«

Als es in Callys Wohnung an der Avenue B schellte, ging sie in der resignierten Überzeugung, man werde sie jetzt festnehmen, an die Tür. Detective Levy hatte angerufen und lediglich erklärt, daß er mit einem anderen Beamten bei ihr vorbeischauen wolle. Aber es waren zwei übers ganze Gesicht strahlende selbsternannte Weihnachtsmänner, bepackt mit Puppen und Spielen und mit einem schneeweißen Puppenkorbwagen, die nun vor ihrer Tür standen.

Während sie ungläubig zuschaute, deponierten sie die Geschenke auf dem Boden rings um den Weihnachtsbaum.

»Ihre Informationen über Ihren Bruder waren eine unschätzbare Hilfe«, erklärte Bud Folney. »Der kleine Dornan ist okay und auf dem Rückweg hierher nach New York. Jimmy ist auf dem Rückweg ins Gefängnis; wir sind jetzt wieder verantwortlich für ihn, und ich verspreche Ihnen, diesmal lassen wir ihn nicht mehr entwischen. Von jetzt an, hoffe ich, geht es wirklich aufwärts für Sie.«

Cally hatte das Gefühl, als hätte ihr jemand ein Tonnengewicht von der Seele genommen. Sie vermochte nur zu flüstern: »Danke … danke …«

Folney und Levy riefen im Chor: »Fröhliche Weihnachten, Cally«, und waren verschwunden.

Als sie weg waren, wußte Cally endlich, daß sie nun zu Bett gehen und schlafen konnte. Gigis gleichmäßige Atemzüge waren die Antwort auf ein Gebet. Von nun an würde sie ihnen jede Nacht lauschen können, und zwar ohne die Furcht, daß man ihr wiederum ihre Kleine wegnehmen würde. Alles *wird* jetzt besser, dachte sie. Das weiß ich jetzt.

Als sie einschlief, war ihr letzter Gedanke, daß sie nun am nächsten Morgen, sobald Gigi entdeckte, daß das große Päckchen mit dem Geschenk für den Weihnachtsmann nicht mehr da war, ehrlich zu ihr sagen konnte, er sei gekommen und habe es mitgenommen.

Der Schlußchoral sollte gerade einsetzen, als erneut die Tür am Seitenportal der Kathedrale aufging und Officer Ortiz eintrat. Diesmal war er nicht allein. Er beugte sich zu dem kleinen Jungen neben ihm hinunter und wies ihm die Richtung. Noch bevor Catherine auf die Füße kommen konnte, war Brian in ihren Armen, und sie spürte, wie sich die Christophorus-Medaille, die er um den Hals trug, an ihr Herz drückte.

Während sie ihn fest umschlungen hielt, sagte sie nichts, spürte aber, wie ihr stille Tränen der Erleichterung und Freude über die Wangen liefen, da sie jetzt wußte, daß er wieder ganz in Sicherheit war, und sie ganz fest davon überzeugt war, daß nun auch Tom wieder gesund würde.

Auch Barbara sprach kein Wort, sondern lehnte sich nur hinüber und legte die Hand auf den Kopf ihres Enkels.

Michael war es, der das Schweigen brach und Worte des Willkommens flüsterte. »Hallo, Blödmann«, sagte er grinsend.

Weihnachten

Kalt und klar brach der Morgen des Weihnachtstags an. Um zehn Uhr trafen Catherine, Michael und Brian im Krankenhaus ein.

Dr. Crowley erwartete sie bereits, als sie im vierten Stock den Aufzug verließen. »Mein Gott, Catherine«, rief er aus, »bist du in Ordnung? Ich hab erst erfahren, was passiert ist, als ich heute früh hier ankam. Du mußt ja völlig erschöpft sein.«

»Danke, Spence, aber mir geht's gut.« Sie betrachtete ihre Söhne. »Uns geht's allen gut. Aber wie steht's mit Tom? Als ich heute morgen angerufen hab, wollten sie mir bloß sagen, daß er eine gute Nacht hatte.«

»Hatte er auch. Das ist ein hervorragendes Zeichen. Er hatte eine sehr gute Nacht. Viel besser als deine, das steht schon mal fest. Ich hoffe, es macht dir nichts aus, aber ich hielt es für das beste, Tom die Sache mit Brian zu sagen. Die Presseleute haben hier schon den ganzen Morgen über angerufen, und ich wollte kein Risiko eingehen, daß er es von einem Außenstehenden erfährt. Als ich ihm davon erzählt habe, hab ich natürlich mit dem Happy-End angefangen.«

Ein Gefühl der Erleichterung durchflutete Catherine. »Ich bin froh, daß er Bescheid weiß, Spence. Ich wußte nicht, wie ich's ihm beibringen soll. Ich war mir nicht sicher, wie er das aufnehmen würde.«

»Er hat es sehr gut aufgenommen, Catherine. Er ist viel stärker, als du vielleicht glaubst.« Crowley musterte die Medaille um Brians Hals. »Wie ich höre, hast du eine Menge durchgemacht, um dafür zu sorgen, daß du deinem Dad diese Medaille geben kannst. Ich verspreche euch allen, daß ich gemeinsam mit Sankt Christophorus dafür sorgen werde, daß er wieder auf die Beine kommt.«

Die Jungen zupften an Catherines Händen.

»Er erwartet euch«, sagte Spence mit einem Lächeln.

Die Tür zu Toms Zimmer stand ein wenig offen. Catherine stieß sie ganz auf und schaute ihren Mann an.

Das Kopfende des Betts war hochgestellt. Als Tom die drei sah, erhellte dieses vertraute Lächeln sein Gesicht.

Die Jungen rannten zu ihm hin, blieben dann knapp vor dem Bett vorsichtig stehen. Sie streckten beide die Hände aus und ergriffen die Hand ihres Vaters. Catherine sah, wie sich seine Augen mit Tränen füllten, als er Brian anschaute.

Er ist so blaß, dachte sie. Ich kann deutlich sehen, daß er Schmerzen hat. Aber er *wird* wieder gesund. Sie brauchte ihr strahlendes Lächeln nicht zu erzwingen, als Michael nun die Kette mit der Christophorus-Medaille Brian vom Hals nahm und sie sie gemeinsam Tom umlegten. »Fröhliche Weihnachten, Dad«, riefen sie im Chor.

Als ihr Mann über die Köpfe seiner Söhne hinwegblickte und seine Lippen die Worte *Ich liebe dich* formten, klangen andere Worte durch Catherines Inneres.

... o wie lacht
Lieb aus deinem göttlichen Mund,
Da uns schlägt die rettende Stund' ...

Danksagung

Diese Geschichte begann, als meine Lektoren Michael V. Korda und Chuck Adams beim Abendessen auf die Idee kamen, die Möglichkeit einer spannenden Story zu erörtern, die sich Heiligabend in Manhattan abspielt. Ich fand Gefallen an der Idee.

Vielen Dank für dieses Gespräch zum Anstoß und für all die wunderbare Hilfe im weiteren Verlauf, Michael und Chuck!

Mein Agent Eugene Winick und meine Pressereferentin Lisl Cade boten mir kontinuierlich Hilfe und Unterstützung. Merci und grazie, Gene und Lisl.

Und zum Schluß vielen Dank an die Leser, die so wohlmeinend sind, daß sie meinen Büchern mit Freude entgegensehen. Ich wünsche Ihnen allen gesegnete, frohe und ungetrübte Feiertage.

Werkverzeichnis der Titel von Mary Higgins Clark

© Gunter Glücklich

› Bonusmaterial

HEYNE ‹

Die Autorin

Mary Higgins Clark, geboren 1928 in New York, wuchs in der Bronx auf. Ihr Vater starb, als sie kaum elf Jahre alt war. Die Mutter zog sie und ihre beiden Brüder allein groß. Nach der Highschool machte sie eine Ausbildung zur Sekretärin und war drei Jahre in einer Werbeagentur tätig, bevor sie das Reisefieber packte und sie ab 1949 als Stewardess für PanAm arbeitete. Ein Jahr später heiratete sie ihren Nachbarn Warren Clark. Kurz nach ihrer Hochzeit begann sie, Erzählungen zu schreiben. Sie verkaufte die erste im Jahr 1956 für einhundert Dollar an eine Zeitschrift. Nach dem plötzlichen Tod ihres Ehemanns im Jahr 1964 verfasste sie bald ihr erstes Buch, einen biografischen Roman über George Washington. Sie schrieb immer morgens zwischen fünf und sieben Uhr, bevor die fünf Kinder zur Schule mussten. Der erste Kriminalroman, *Wintersturm*, aus dem Jahr 1975 bedeutete einen Wendepunkt in ihrem Leben und in ihrer Karriere: Er wurde zum Bestseller. Neben dem Schreiben studierte sie Philosophie und schloss 1979 ihr Studium mit »Summa cum laude« ab.

Mary Higgins Clark zählt zu den erfolgreichsten Thrillerautorinnen weltweit. Mit ihren Büchern führt sie regelmäßig die internationalen Bestsellerlisten an und hat zahlreiche Auszeichnungen erhalten, u.a. den begehrten »Edgar Award«. 1996 heiratete sie John Conheeney. Die Autorin lebt und arbeitet in Saddle River, New Jersey.

Aspire to the Heavens, 1969/
Mount Vernon Love Story, 2002

Die Queen of Crime mal anders: In ihrem Erstling gestaltet Mary Higgins Clark ein lebendiges Porträt George Washingtons. Jenseits seiner Erfolgsgeschichte als Staatsmann begegnet der Leser dem jungen Washington, der einer unerfüllbaren Liebe nachtrauert, ehe er sein Herz seiner zukünftigen Frau öffnet …

Wintersturm

(Where Are the Children?, 1975)

Ray und Nancy Eldredge leben zusammen mit ihren Kindern in einer malerischen Siedlung an der amerikanischen Ostküste. Aber die Idylle trügt: Ein geheimnisvoller, neurotischer Mörder geht um, der die Kinder des jungen Ehepaares entführt. Zug um Zug wird eine grauenvolle Vergangenheit aufgedeckt, die sich zu wiederholen droht …

Die Gnadenfrist

(A Stranger Is Watching, 1978)

Ein Junge wird Augenzeuge des Mordes an seiner Mutter. Doch als sein Vater die Todesstrafe für den vermeintlichen Täter fordert, stellt eine spektakuläre Entführung die Ermittlungen auf den Kopf. Und die Polizei beginnt einen dramatischen, nahezu aussichtslosen Wettlauf mit der Zeit …

Wo waren Sie, Dr. Highley?

(The Cradle Will Fall, 1980)

Der Frauenarzt Dr. Highley unterhält eine renommierte Privatklinik in New Jersey. Er ist Spezialist für komplizierte Schwangerschaften, aber er missbraucht seine Patientinnen auch für wissenschaftlich nicht fundierte Experimente. Eine Reihe von mysteriösen Todesfällen in der Klinik alarmiert schließlich die Polizei. Da macht die junge Richterin Katie DeMaio eine Beobachtung, die für sie höchst gefährlich wird …

Schrei in der Nacht

(A Cry in the Night, 1982)

Eine gute Ehe verwandelt sich in ein Szenario des Grauens, als Jenny ihrem Mann in die Wälder Minnesotas folgt. Unheimliche Dinge ereignen sich. Als Jennys Töchter verschwinden, begibt sie sich auf die Suche. In einer Jagdhütte macht sie eine furchtbare Entdeckung.

Das Haus am Potomac

(Stillwatch, 1984)

Die junge Patricia Traymore will ein persönliches Geheimnis lüften, das sie seit ihrer Kindheit bedrückt: der Verlust ihrer Eltern durch einen plötzlichen, gewaltsamen Tod. Als sie auf die ehrgeizige Senatorin Abigail Jennings trifft, ahnt sie nicht, dass sie in eine Auseinandersetzung hineingerät, die sie an den Rand des Abgrunds bringt.

Schlangen im Paradies

(Weep No More My Lady, 1987)

In der luxuriösen Umgebung einer exklusiven Schönheitsfarm versucht eine junge Schauspielerin, Klarheit zu gewinnen über den plötzlichen Tod ihrer Schwester. Aber hinter den Fassaden dieses idyllischen Landsitzes lauert das Unheil. Elisabeth gerät in einen Strudel von gefährlichen Ereignissen, die nicht nur ihr Leben bedrohen …

Das Anastasia-Syndrom oder Doppelschatten

(The Anastasia Syndrome and Other Stories, 1989)

Fünf unheimliche Kurzgeschichten in einem Band: In der Titelgeschichte sucht Judith Case, eine erfolgreiche Historikerin, einen Psychiater auf, da es in ihrer Vergangenheit viele ungeklärte Fragen gibt. Er versetzt sie in Hypnose, und für Judith beginnt eine haarsträubende Reise …

Schlaf wohl, mein süßes Kind

(While My Pretty One Sleeps, 1989)

Dass Ethel Lambstons, eine äußerst elegante Gesellschaftskolumnistin, einfach so, ohne sich vorher mit entsprechender Garderobe einzudecken, verreist sein soll, kann Neeve nicht glauben. Schließlich ist die junge Frau Besitzerin einer Modeboutique und Ethel eine ihrer besten Kundinnen. Neeve beginnt, Nachforschungen anzustellen …

Schwesterlein, komm tanz mit mir

(Loves Music, Loves to Dance, 1991)

»Attraktiver Mann sucht Frau, die Musik liebt …« Auf solche und ähnliche Zeitungsannoncen antworten Erin und Darcy, weil sie einer Kollegin bei einer Untersuchung über Kontaktanzeigen helfen wollen. Sie treffen sich mit Kandidaten und tauschen ihre Erfahrungen aus. Bis Erin eines Tages spurlos verschwindet …

Dass du ewig denkst an mich

(All Around the Town, 1992)

Alles an Laurie Kenyon ist mysteriös. Als Kind wird sie entführt und bleibt zwei Jahre vermisst. Als sie aus dem Nichts wieder auftaucht, hat sie die Erinnerung verloren. Der plötzliche Tod ihrer Eltern erzeugt einen Schock, der eine Persönlichkeitsspaltung auslöst. Eine dieser Persönlichkeiten begeht einen Mord, für den Laurie vor Gericht steht, verteidigt von ihrer Schwester, einer talentierten Anwältin …

Das fremde Gesicht

(I'll Be Seeing You, 1993)

Zunächst glaubt Meghan Collins, ihr seit einigen Monaten verschwundener Vater sei bei einem Unfall verstorben. Dann aber häufen sich die Hinweise, dass er doch noch am Leben ist. Die Suche nach ihm enthüllt merkwürdige Geschehnisse. Ist Meghans Vater am Ende ein Mörder?

Das Haus auf den Klippen

(Remember Me, 1994)

Ein Psychothriller, wie nur die »Königin der Spannung« ihn schreiben kann. Mysteriöse Vorkommnisse in einem alten Kapitänshaus, hoch über den Klippen von Cape Cod, versetzen die Schriftstellerin Menley Nichols in Angst und Verzweiflung. Das Haus war schon einmal Schauplatz einer Tragödie …

Sechs Richtige. Mordsgeschichten

(The Lottery Winner: Alvirah & Willy Stories, 1994)

Nachdem Alvirah und Willy 40 Millionen Dollar im Lotto gewonnen haben, könnten sie es sich eigentlich gut gehen lassen und in ihrem am Central Park gelegenen Apartment das Leben genießen. Alvirahs unheilvolles Hobby aber sind ungelöste Kriminalfälle …

Ein Gesicht so schön und kalt

(Let Me Call You Sweetheart, 1995)

Als die Staatsanwältin Kerry McGrath einigen Patientinnen des renommierten Schönheitschirurgen Dr. Smith begegnet, macht sie eine grausige Entdeckung: Die Gesichtszüge ähneln in verblüffender Weise denen der vor Jahren ermordeten Suzanne. McGrath nimmt die Nachforschungen wieder auf und begibt sich damit selbst in größte Gefahr.

Stille Nacht

(Silent Night, 1995)

Der siebenjährige Brian hofft inständig, ein Christophorus-Medaillon werde seinen todkranken Vater retten. Als er es am Weihnachtsabend zu ihm bringen will, wird es dem Jungen im Gedränge von Manhattans Straßen von einer Frau entrissen. Brian nimmt sofort die Verfolgung auf, ohne zu ahnen, in welche Gefahr er sich begibt. Die Heilige Nacht wird für ihn zum Albtraum …

Mondlicht steht dir gut

(Moonlight Becomes You, 1996)

Nachdem ihre Stiefmutter ermordet wurde, beginnt die erfolgreiche Modefotografin Maggie Holloway Nachforschungen in einem Altenstift anzustellen. Sie kommt zu einer erschütternden Erkenntnis: Auch andere ältere Damen sind auf unerklärliche Weise verstorben. Schließlich gerät Maggie selbst in eine tödliche Falle.

Und tot bist du

(My Gal Sunday: Henry and Sunday Stories, 1996)

Henry Parker Britland IV, früherer Präsident der Vereinigten Staaten, und seine Frau, die Kongressabgeordnete Sandra, betätigen sich als Privatdetektive. Selbst Kapitalverbrechen wie Mord und Entführung schrecken sie nicht ab …

Sieh dich nicht um

(Pretend You Don't See Her, 1997)

Lacey Farrell ist eine erfolgreiche junge Immobilienmaklerin, deren Leben sich schlagartig ändert, als sie zur unfreiwilligen Zeugin eines Mordes wird. Warum musste Isabelle Waring sterben? Und was hat es mit dem rätselhaften Tagebuch ihrer Tochter Heather auf sich? Lacey ahnt nicht, in welche Gefahr sie sich begibt, denn der Mörder verfolgt nun sie.

Nimm dich in acht

(You Belong To Me, 1998)

Reise ohne Wiederkehr: Als eine Bekannte während einer Luxuskreuzfahrt spurlos verschwindet, versucht die engagierte Psychologin und Moderatorin Susan Chandler die Wahrheit zu ergründen. Dabei stößt sie auf eine Reihe ähnlicher Fälle und bringt sich selbst in tödliche Gefahr.

In einer Winternacht

(All Through the Night, 1998)

Sondra weiß sich in ihrer Verzweiflung nicht mehr anders zu helfen, als ihr Baby vor einer Kirche auszusetzen. Was sie nicht ahnt: In jener eisigen Nacht ist sie nicht die Einzige, die Unlauteres im Sinn hat. Kurz nach ihr bricht ein Kunsträuber in die Kirche ein. Sieben Jahre später macht sich Sondra auf die Suche nach ihrem Kind …

Wenn wir uns wiedersehen

(We'll Meet Again, 1999)

Als Molly Lash nach sechs Jahren Gefängnis entlassen wird, ist sie fest entschlossen, den wahren Täter des Verbrechens zu finden, für das sie verurteilt wurde – den Mörder ihres Mannes. Gemeinsam mit einer Freundin macht sie sich auf die Suche und gerät in einen Albtraum …

Vergiss die Toten nicht

(Before I Say Good-Bye, 2000)

Die Kolumnistin Nell McDermott plant eine Karriere in der Politik. Gegen den Willen von Adam, ihrem Mann. Dann kommt Adam auf mysteriöse Art ums Leben. Nell recherchiert. Sie entdeckt eine skandalöse Schmiergeldaffäre in der New Yorker Immobilienbranche – und gerät ins Visier von Adams Killern.

Gefährliche Überraschung

(Deck the Halls, zusammen mit Carol Higgins Clark, 2000)

Für die Privatdetektivin Regan Reilly, die in den Krimis von Carol Higgins Clark schon oft ihre Fähigkeiten bewiesen hat, versprechen die Weihnachtstage turbulent zu werden: Kurz vor dem Fest wird ihr Vater Luke zusammen mit seiner Fahrerin entführt, die Kidnapper fordern eine Million Dollar Lösegeld. Regan setzt alles daran, Luke rechtzeitig zu finden. Bei den Ermittlungen hilft ihr die ambitionierte Alvirah Meehan, jene den Lesern von Mary Higgins Clark bestens bekannte Heldin aus *Sechs Richtige*.

Du entkommst mir nicht

(On the Street Where You Live, 2001)

Das Haus ihrer Urgroßmutter, in das die junge Strafverteidigerin Emily Graham gezogen ist, birgt unangenehme Überraschungen: Bei Gartenarbeiten taucht plötzlich die Leiche einer Frau auf, die als vermisst gemeldet ist. Und die Tote hält den Fingerknochen eines weiteren Skeletts in Händen …

Denn vergeben wird dir nie

(Daddy's Little Girl, 2002)

Ellie Cavanaugh ist außer sich, als der Mörder ihrer Schwester vorzeitig aus dem Gefängnis entlassen wird. Denn seit nunmehr zwanzig Jahren ist Ellie fest von seiner Schuld überzeugt. Jetzt will sie endgültig den Beweis dafür erbringen – und ist bald selbst in tödlicher Gefahr.

Und morgen in das kühle Grab

(The Second Time Around, 2003)

Nicholas Spencer, Leiter eines bedeutenden pharmazeutischen Forschungslabors, verschwindet von einem Tag auf den anderen spurlos. Kurz darauf wird überraschend enthüllt, dass Spencer die Firma um Millionen betrogen hatte. Die Journalistin Marcia DeCarlo wagt sich bei ihren Recherchen zu weit vor – und begibt sich damit in Lebensgefahr.

Mein ist die Stunde der Nacht

(Nighttime Is My Time, 2004)

Ein Fluch scheint auf der ehemaligen Schulklasse von Jean Sheridan zu liegen. Bereits fünf ihrer früheren Mitschülerinnen sind auf tragische Weise ums Leben gekommen. Noch ahnt niemand, dass ein wahnsinniger Serienkiller, der sich selbst »die Eule« nennt, dahintersteckt. Wird er sein mörderisches Werk bei dem bevorstehenden Klassentreffen vollenden?

Hab acht auf meine Schritte

(No Place Like Home, 2005)

Bei einem schrecklichen Unfall tötet die kleine Liza Barton aus Versehen ihre eigene Mutter. 24 Jahre später kehrt sie an den Ort des Geschehens zurück und erkennt langsam, dass hinter dem angeblichen Unfall von damals der perfide Plan eines Mörders steckte. Und schon hat ein Verfolger ihre Spur aufgenommen: Nun soll auch sie sterben …

Weil deine Augen ihn nicht sehen

(Two Little Girls in Blue, 2006)

Für Margaret Frawley wird der schlimmste Albtraum wahr: Skrupellose Erpresser entführen ihre dreijährigen Zwillingstöchter. Nach einer dramatischen Geldübergabe kommt eine Tochter frei, die andere aber sei gestorben, heißt es. Doch Margaret will nicht an den Tod ihres Kindes glauben …

Und hinter dir die Finsternis

(I Heard That Song Before, 2007)

Kay Lansing heiratet den erheblich älteren Peter Carrington, doch über ihrem Glück liegen die dunklen Schatten der Vergangenheit. Denn Carrington wurde vor vielen Jahren verdächtigt, etwas mit dem Verschwinden einer jungen Frau zu tun zu haben. Und auch der Unfalltod seiner ersten Frau im Swimmingpool ist noch keineswegs restlos aufgeklärt …

Warte bis du schläfst

(Where Are You Now?, 2008)

Zehn Jahre ist es her, dass Carolyns Bruder von einem Tag auf den anderen spurlos verschwand. Um der quälenden Unsicherheit über sein Schicksal endlich ein Ende zu bereiten, beginnt Carolyn zu recherchieren. Sie stößt auf fürchterliche Verbrechen in der Vergangenheit – und auf einen Täter, dem sie bereits viel zu nahe gekommen ist.

Denn niemand hört dein Rufen

(Just Take My Heart, 2009)

Eine Schauspielerin wird brutal ermordet. Die angehende Staatsanwältin Emily Wallace übernimmt die Anklage gegen den Hauptverdächtigen. Zu spät erkennt sie, dass es eine unheimliche Verbindung zwischen ihr und der Toten gibt. Schon längst ist sie selbst zur Zielscheibe des Bösen geworden.

Flieh in die dunkle Nacht

(The Shadow of Your Smile, 2010)

Die 82-jährige Olivia Morrow steht vor einer schicksalhaften Entscheidung: Soll sie ihren Schwur brechen und das dunkle Geheimnis ihrer Cousine lüften? Sie könnte so deren Enkelin ein ganz neues Leben in Reichtum verschaffen. Oder aber, was sie nicht weiß: den Tod bringen.

Ich folge deinem Schatten

(I'll Walk Alone, 2011)

Zwei Jahre ist es her, dass für Zan Moreland ein Albtraum begann: Am helllichten Tag wurde ihr kleiner Sohn Matthew im Central Park entführt. Die polizeilichen Ermittlungen und ihre eigene verzweifelte Suche blieben ohne Ergebnis. Doch ausgerechnet an Matthews fünftem Geburtstag tauchen Fotos auf, die damals im Park geschossen wurden. Sie zeigen im Hintergrund die Frau, die Matthew aus dem Kinderwagen stiehlt. Es scheint Zan selbst zu sein. Oder treibt jemand ein unmenschliches Spiel mit ihr?

Mein Auge ruht auf dir

(The Lost Years, 2012)

Dr. Jonathan Lyons glaubt, eine sensationelle wissenschaftliche Entdeckung gemacht zu haben. Kurz darauf findet ihn seine Tochter Mariah ermordet in seinem Büro auf. Die Hauptverdächtige ist ausgerechnet ihre eigene Mutter. Mariah kann nicht an ihre Schuld glauben und setzt alles daran, den wahren Täter zu finden. Sie kommt ihm bald gefährlich nahe.

Spürst du den Todeshauch?

(Daddy's Gone A Hunting, 2013)

Mitten in der Nacht explodiert die Möbelfabrik der Familie Connelly. Kate Connelly wird dabei schwer verletzt, ein früherer Angestellter getötet. Aber was hatten die beiden überhaupt nachts auf dem Gelände verloren? Nur Kate könnte Licht ins Dunkel bringen. Aber sie liegt im Koma – und ein skrupelloser Mörder würde alles dafür tun, dass sie nie mehr erwacht.

In der Stunde deines Todes

(I've Got You Under My Skin, 2014)

Vor den Augen ihres kleinen Sohnes wird Lauries Ehemann ermordet. Seitdem lebt sie in ständiger Angst. Immerhin lockt beruflich ein großer neuer Auftrag: Laurie soll eine TV-Serie über ungelöste Verbrechen produzieren. Sie taucht tief in einen spektakulären Mordfall aus der Vergangenheit ein. Doch auch im Hier und Jetzt droht ihr und ihrem Sohn mörderische Gefahr.